Eine junge Frau aus Tel Aviv verliebt sich in einen Geschäftsmann aus London. Sie heiraten, doch ihr Eheleben im fernen England hat sich Noa anders vorgestellt. Mit kleinen Sünden bringt sie Abwechslung in ihr fades Hausfrauendasein ... Zwölf hinreißend komische Geschichten, in denen Frauen und manchmal auch Männer ihren Liebhabern oder Ehepartnern in andere Länder und fremde Kulturen folgen, versammelt Elena Lappin in ihrem ersten Buch, das in England und den USA sofort große Begeisterung auslöste. »Elena Lappins geradliniger und unmittelbarer Stil, ihr Humor und das Herzblut, mit dem sie ihren Geschichten Leben einflößt, machen diese erzählerische Weltreise zu einem kleinen Meisterstück.« (Stefan Sprang im ›Rheinischen Merkur‹)

Elena Lappin, geboren 1954 in Moskau, aufgewachsen in Prag und Hamburg. Nach Israel, Kanada und den USA lebt sie heute mit ihrem Mann und drei Kindern in London. Herausgeberin mehrerer literarischer Anthologien und von 1994 bis 1997 Chefredakteurin der Zeitschrift ›Jewish Quarterly‹. 2001 erschien auf deutsch ihr erster Roman: ›Natashas Nase‹.

Elena Lappin

Fremde Bräute

Erzählungen

Deutsch von
Frank Heibert

Deutscher Taschenbuch Verlag

Ungekürzte Ausgabe
Mai 2002
Deutscher Taschenbuch Verlag GmbH & Co. KG,
München
www.dtv.de
© 1999 Elena Lappin
Titel der englischen Originalausgabe:
›Foreign Brides‹ (Picador, London 1999)
© 1999 der deutschsprachigen Ausgabe:
Verlag Kiepenheuer & Witsch, Köln
Umschlagkonzept: Balk & Brumshagen
Umschlagfoto: © photonica/Gary Doak
Satz: Kalle Giese Grafik, Overath
Gesetzt aus der Garamont Amsterdam (Berthold)
Druck und Bindung: Druckerei C. H. Beck, Nördlingen
Gedruckt auf säurefreiem, chlorfrei gebleichtem Papier
Printed in Germany · ISBN 3-423-12968-9

Inhalt

Für meine Eltern

Es war, als sei ein Vorhang gefallen
über alles, was ich gekannt hatte.
Es war fast, wie neugeboren zu sein.

JEAN RHYS, *Irrfahrt ins Dunkel*
Übersetzung: Simon Werle

Noa und Noah

Noas Entscheidung, kein koscheres Fleisch mehr zu kaufen, ohne ihrem Mann Noah etwas davon zu sagen, war auf den ersten Blick spontan gekommen. Eines Nachmittags kam sie auf dem Heimweg aus dem Park beim Metzger in der Nähe ihres Hauses vorbei, wie fast jeden Tag. Sie hatte schon an den mühseligen Weg zu ihrem nervtötend gesprächigen, neugierigen und unverschämten koscheren Metzger gedacht, daran, wie lange es dauern und welchen Leuten sie wieder »zufällig« begegnen würde, während sie ihre üblichen Stücke Lamm, Huhn und Truthahn »auswählte« (Rindfleisch war von der Speisekarte gestrichen). Ihr wurde schon schlecht, wenn sie bloß daran dachte. Und hier hatte sie nun einen glattrasierten, rotwangigen JOE MCELLIGOTT vor sich (wie die roten und weißen Buchstaben über der Ladenmarkise fröhlich verkündeten), der so stolz und genüßlich diverse rosa Teile von toten Schweinen im Schaufenster darbot, daß Noa geradezu das Wasser im Mund zusammenlief. Und wenn ich jetzt, dachte sie, einfach reingehe und so tue, als wäre ich eine von *ihnen*, wenn ich einfach ein paar Hühnchen und etwas Truthahnhack verlange – sieht doch genauso aus, Noah merkt den Unterschied nie. Und wenn er es nicht weiß, begeht er auch keine Sünde. Ich schon, aber scheiß drauf.

Nicht nur, daß Noah den Unterschied nicht bemerkte, dieses Freitagabendessen machte ihm sogar große Freude. Von dem Hühnchen war er schier begeistert und fragte Noa, ob sie endlich das Rezept seiner Mutter benutzt habe. Das war das höchste Lob aus seinem Munde, denn er betrachtete Noas israelische Küche als zu primitiv. Früher hatte es sie immer aufgeregt, wenn er ihre Kochkünste niedermachte, als wäre sie eine Küchenhilfe, die sich für die Stelle als Ehefrau bewerben wollte. Aber inzwischen dachte sie, was kannst du von einem Schuldeneintreiber anderes erwarten.

Als sie sich vor fast sechs Jahren in Israel kennengelernt hatten, brachte Noah Noa zum Lachen, indem er ständig über die Ähnlichkeit ihrer Namen redete. Es half nichts, daß Noa ihn auf die unterschiedliche hebräische Schreibweise hinwies und darauf, daß ihre Namen auf hebräisch auch deutlich anders ausgesprochen wurden. Seiner endete mit dem harten, gutturalen »ch«, das er einfach fallenließ; in dem Nordlondoner Englisch seiner Herkunft klang »Noah« mit einem hübschen, weichen Vokal aus, genau wie »Noa«, und deshalb, so seine Argumentation, waren sie füreinander bestimmt. Das war so lange ein lustiger Scherz geblieben, bis er, der rothaarige britische Cousin der Stiefschwester ihrer besten Freundin, sie eines Abends in eine dekadente Disco in Tel Aviv geschleppt, beschwipst mit ihr getanzt und danach darauf bestanden hatte, in dem leeren Sommer-Penthouse seiner Eltern mit ihr zu schlafen.

Noa hatte sich eingeschüchtert gefühlt, alles war Chrom und Glas. In der Wohnung ihrer Eltern in Ramat

Gan standen vor allem altersschwache dunkle Holz-
möbel, bezogen mit muffig riechendem Polyester, auf
denen staubige Spitzendeckchen lagen. Noah wirkte auf
Noa elegant und rätselhaft. Im Bett redete er ständig, was
sie beeindruckte; ihre israelischen Freunde hatten kaum
je etwas von sich gegeben, außer ab und zu mal »ze tov?«.
Die Hälfte dessen, was er sagte, verstand sie nicht, aber
alles klang zärtlich, sexy und irgendwie geheimnisvoll.

Wenige Monate später war sie der Star ihres eigenen
Hochzeitsvideos, auch wenn sie sich nicht genau daran er-
innern konnte, den Vertrag unterschrieben zu haben.
Seine Eltern kümmerten sich um alles, ein Hauch von London durchwehte das Ganze, und ihre armen, alten polnischen Eltern verschwanden beinahe unter dem Gewicht
von so viel Chrom und Glas und Gold und Diamanten.
Finchley-Gothic versus Post-Holocaust-Moderne, Modell
Ramat Gan. Massenweise teigige, blasse, ädrige Beine auf
Stilettoabsätzen versus sonnengegerbte, pergamentene
Füße in Sandalen. Ihre Freundinnen begriffen nicht ganz,
was sie vorhatte, und Noa genausowenig – aber es fühlte
sich gut an. Also gab sie ihr früheres, vertrautes Leben auf,
heiratete einen kippatragenden Buchhalter und zog nach
London. Na und. Sie war zwanzig, und er gab ihr das
Gefühl, richtig erwachsen zu sein. Und im Bett trug er
seine Kippa ja nicht.

Die ersten beiden Jahre waren beinahe ein Erfolg. Noa
konnte so wenig Englisch, daß sie sich weiterhin von
ihrem Bild von Noah als jungem, glamourösen Business-
man blenden ließ. Ihr Heim in East Finchley war im Besitz
der Familie und kam Noa wie ein Palast vor – obwohl sie

sich in der Inneneinrichtung, einer fast identischen Nachbildung vom Tel Aviver Penthouse, unwohl fühlte. Zu Noahs Verwunderung verbrachte seine nagelneue Ehefrau mehr Zeit im Bad als irgendwo sonst im Haus; dort konnte sie nämlich ihre Augen in dem blaugrünen Badewasser schließen und sich vorstellen, sie sei am Strand von Tel Aviv. Sie fühlte sich wie eine eingefangene Meerjungfrau, die in ihren natürlichen Lebensraum zurückflüchtete.

Dann fiel ihr eines Tages auf, daß sich ihr Englisch so bedeutend verbessert hatte, daß sie neuerdings mit Noahs Mutter Gerda streiten konnte, und obwohl sie dabei nicht unbedingt siegte, verlor sie auch nicht. Noch besser, Noas Ohren schnappten ab und zu kleine Ausrutscher im Akzent der Schwiegermutter auf; wie sehr sich Gerda auch anstrengte, ihre East-End-Vokale schauten immer wieder unter ihrer unnatürlich zurechtgestutzten Redeweise hervor, wie die dunklen Wurzeln ihres gebleichten Haares. Noa, die sich aus vollem Herzen ihrer neuen Familie nahe fühlen wollte, war von so viel unnötiger Kunstfertigkeit überrascht, und jetzt erschien ihr das eigene Elternhaus als erfrischend warm und unprätentiös.

Als Noa endlich begriff, daß Noah als Junior-Schuldeneintreiber in der Firma seines Vaters arbeitete und sein Lebensziel darin bestand, eines Tages das kleine Büro in Finchley zu leiten und zum *Senior*-Schuldeneintreiber zu werden, erwartete sie schon ein Kind von ihm. Inzwischen hatte sie auch das sexy Gemurmel ihres Mannes entziffert und entzaubert, das sie im Bett unweigerlich begleitete: die Worte Arsenal und Tottenham kamen häu-

fig vor, dazu äußerst unerotische Adjektive, die diverse
Spieler beschrieben und ihre Technik beklagten. Als Noa
diese unglaubliche Tatsache klar wurde, fragte sie Noah
ganz einfach, warum er beim Sex unbedingt an Fußball
denken und darüber reden mußte. Ohne im geringsten
peinlich berührt zu sein, antwortete er, daß er immer an
Fußball denke, und wenn er seine Gedanken beim Sex
laut ausspreche, falle es ihm leichter, das Tempo zu ver-
langsamen. Noa war so verblüfft, daß sie vergaß, danach
zu fragen, für welche Mannschaft er eigentlich sei – obwohl sie stark auf Tottenham tippte.

Und woran dachte Noa im Bett? Zunächst an fast gar
nichts. Sie versuchte Noah langsam besser kennenzuler-
nen, dessen Lebensweise sie so blindlings übernommen
hatte, ohne einen Gedanken daran zu verschwenden, daß
er ihr völlig fremd war. Also tat sie, was sie von Anfang an
getan hatte: sie beobachtete ihn, bis zur kleinsten Bewegung, bis zum letzten Wort. Solange Noah ihr ein Rätsel
blieb, war er jede langweilige Minute ihres langweiligen
Lebens mit ihm wert und befand sich außer Gefahr. In
dem Augenblick, als sie seinen Geheimcode knackte, war
er erledigt, ohne es zu wissen.

»Noah«, sagte sie eines Abends, nachdem sie ihren
Sohn zu Bett gebracht hatte. Sie lümmelten vor dem Fernseher herum, sahen aber gar nicht richtig hin. »Was macht
eigentlich ein Schuldeneintreiber?«

Der Mann, mit dem sie seit fünf Jahren verheiratet war,
schaute von der Sport-Seite der Abendzeitung auf und
starrte Noa an. Sie wiederholte die Frage. »Wir ... wir
bringen die Leute dazu, ihre Schulden zu bezahlen«, sagte

er langsam und warf ihr einen scharfen Blick zu, den sie gut kannte. Er besagte: Halt den Mund und laß mich in Ruhe. Aber nicht diesmal; Noa war gerade gut in Fahrt: »Wie denn? Seid ihr so was wie eine Polizei oder so?«

Noah seufzte. »Natürlich nicht. Wir schreiben nur Briefe und teilen den Leuten mit, was passiert, wenn sie nicht bezahlen.« Er wollte wahnsinnig gerne wieder zu seiner Zeitung zurückkehren. Noas inquisitorische Laune fing an, ihm auf die Nerven zu gehen. Außerdem verriet sie ihre Ignoranz in Dingen, die jeder wußte und keiner in Frage stellte. Gott sei Dank kriegten seine Eltern das nicht zu hören.

»Was seid ihr denn dann?« Noas nächste Frage verblüffte ihn. »Eine Art Mafia?«

Noah kniff seine Augen ein wenig zusammen, bevor er lauter als gewöhnlich sagte: »Nein. Natürlich sind wir das nicht. Allerdings sind wir ermächtigt, jemandem den Gerichtsvollzieher ins Haus zu schicken und gerichtliche Schritte zu erwirken, falls der Kunde sich nicht kooperativ zeigt.«

Noah wußte sich gut zu beherrschen, sehr gut sogar, selbst wenn er stark unter Streß stand. Er wußte, wie man bedrohlich und zugleich distanziert klingen konnte. Vielleicht brachte sein seltsamer Beruf das mit sich. Noa jedoch roch Niederlage in der Luft, und zwar nicht ihre. »Aber Noah«, beharrte sie und betonte den »ch«-Laut, den er so haßte, was sie wohl wußte, »ich sehe es immer noch nicht vor mir. Wie bringt ihr die Leute dazu, ihre Schulden zu bezahlen? Und warum tut ihr das überhaupt? Seid ihr böse oder was? Ich glaube, das seid ihr. Du und dein Vater. Aber du bist schlimmer.«

Noah suchte in den Zügen seiner Frau nach der Spur eines Lächelns. Irgend etwas, das anzeigte, daß sie einen Scherz machen wollte. Immer wenn Noa etwas Seltsames sagte, und das passierte ziemlich häufig, entschuldigte er sie mit ihrem unterentwickelten israelischen Sinn für Humor. Wie beim Kochen lag sie mit ihrem Gespür für das, was annehmbar war, regelmäßig daneben. Noah war müde. Er haßte seinen Beruf. Er haßte das Leben, zu dem er sich gezwungen hatte. Und allmählich haßte er auch seine traumhafte, unbeholfene, verrückte Frau.

»Falls du dich für besonders witzig hältst, vergiß es. Wie üblich hast du nichts Interessantes zu sagen. Und du kannst mich nicht treffen. Ich gehe jetzt schlafen.«

Noa konnte gut zielen. In der Armee war sie eine erstklassige Schützin gewesen. Die Fernbedienung traf Noah zwischen den Schulterblättern. Er fuhr herum, fuchsteufelswild. Der armenische Kerzenleuchter traf ihn in die Eier. Er krümmte sich zusammen, schnappte nach Luft und fluchte. »Du Ziege. Du dämliche Ziege. Du kannst mich mal.«

Noa glitt von der Couch und packte Noah vorsichtig bei seinem roten Schopf. Er versuchte, sie in den Arm zu beißen, doch sie gab ihm statt dessen ihren Mund. Zum allerersten Mal vergaß Noah sogar sein Fußballmantra.

Später, als er schon schlief, ging Noa ins Badezimmer und weinte. Ernst gemeint hab ich es aber doch, dachte sie. Jedes Wort, und ich wollte ihn verletzen. Ich will, daß er wieder der Fremde wird, mit dem ich's getrieben habe.

Nur daß diesmal ich sage, wo's langgeht. Du bist mir was schuldig, mein kleiner Schuldeneintreiber, flüsterte sie fast zärtlich und kletterte wieder ins Bett. Der Zahltag naht.

Nach dieser Nacht kehrte ihr Alltag zu seiner Normalität zurück, scheinbar unverändert. Noahs Leben drehte sich weiterhin um das Büro seines Vaters, Fußball und pflichtschuldige Unternehmungen mit seinen Eltern an Wochenenden und in den Ferien. Manchmal war er wild auf Noas Körper, doch ihre Gedanken ließen ihn kalt. Noa war das egal. Sie hatte etwas vor. Daß sie ihren Sohn meistens in rot und weiß kleidete (die Farben von Arsenal), war nur ein kleiner Teil davon.

Es begann mit jenem Besuch in Joe McElligotts Metzgerei und ihrem ersten Kauf von *trejfem* Huhn. Ursprünglich hatte sie möglichst schnell in den Laden und wieder hinaus gehen wollen, damit sie auch ja kein Freund oder Bekannter von Noahs Familie sah. Zwei Dinge jedoch fielen ihr ins Auge und hielten sie auf, fast gleichzeitig: Joe McElligotts reizvoll gerundeter Bizeps unter seinem weißen, leicht blutbefleckten T-Shirt und das Schild an der Kasse, auf dem stand *Wir liefern frei Haus*. Er lächelte sie an und sagte etwas Schmeichelhaftes über ihren hübschen französischen Akzent. Sie lächelte zurück, korrigierte ihn nicht und merkte sich die Preisliste an der Wand. Wenn sie bei *trejfem* Fleisch bliebe, würde sie eine Menge Geld sparen. »Ja, Ma'am, ich liefere selbst. Ohne Aufschlag. Sie können jederzeit anrufen.« Seine plumpen Bäckchen erinnerten sie an den weichen, runden *tusik* ihres Sohnes ... Sie nahm die Visitenkarte, die er ihr hinhielt, und nickte. Joe McSowieso, dachte sie, als sie den Kinderwagen nach draußen schob, weißt du was. Diese französische Kundin will dein Fleisch.

Das Telefon klingelte, kaum daß sie die Tür aufgeschlossen hatte. »Noale«, sagte ihre Mutter leise, als wäre sie im selben Raum. »Ich weiß nicht, was ich tun soll. Dein Vater . . .« »Was??! Was ist ihm passiert?« schrie Noa. Funktionierte das Bestrafungssystem so schnell? Sie hatte doch noch gar nichts getan, außer daran zu denken! »Nichts, ihm ist gar nichts passiert. Was mir passiert ist, darum geht es. Er hat nämlich eine andere Frau.« Noa war wie betäubt. Das ergab keinen Sinn. Ihre Eltern waren Ende Sechzig, und alles an ihnen war so vorhersehbar wie das Netzmuster ihrer Gardinen. Sie waren beide Überlebende, aus derselben polnischen Kleinstadt. Sie kannten sich fast seit ihrer Kinderzeit. Jetzt waren sie alt und runzlig und gesundheitlich angeschlagen. Sie hatten ein unsagbar hartes Leben hinter sich, und das war auch ihren ausgezehrten Körpern anzusehen. Sie konnten doch unmöglich andere Menschen und deren Körper begehren!

»Ich weiß nicht, was ich tun soll, Noale. Du kennst doch den Strand, wo wir jeden Tag hinfahren?« Noas Eltern gehörten zu den Kohorten entschlossener alter Männer und Frauen, die jeden Morgen in der Frühe am Strand von Tel Aviv Gymnastik machten. Manchmal hatte sie sie beobachtet. Ihre ledrige Haut erzitterte in winzigen Wellen, während sie in die kalten Fluten hinein und wieder hinaus marschierten und altmodische Freiübungen im Sand vollführten. »Diese Russin, mit der wir uns angefreundet hatten? Die solche blauen Flecken von ihrem

Mann hatte. Diese Schickse! Ich habe sie zu mir nach Hause eingeladen und ihr meine alten Teller und einen Küchentisch geschenkt! Meine eigenen Teller! Ruf mich zurück, das wird zu teuer für uns.« Noa rief sie zurück und hörte zu, wie ihre Mutter weinte, fernmündlich. Zuerst leise, wie ein kleines Mädchen, das ein liebgewonnenes Spielzeug verloren hat, dann lauter und lauter, bis ihr Jaulen wie eine ohrenbetäubende Sirene klang, oder wie eine Mutter, die den Tod ihres Kindes beklagt. »Brauchst du mich dort? Willst du herkommen?« fragte Noa behutsam. »Weiß ich noch nicht. Ich muß nachdenken. Gib dem Kleinen einen Kuß von mir. Ruf mich nächste Woche an.« Sie geht nicht aus den Fugen, dachte Noa erstaunt. Sie will ihn wiederhaben!

Aus irgendeinem Grund beschloß sie, Noah nichts davon zu sagen. Sie konnte seine schlappen Witzchen über ihren Vater, den geriatrischen Lustmolch, schon hören. Als sie das blasse, feuchte Hühnchen auspackte und seine saftigen Schenkel spreizte, schoß ihr ein gräßliches Bild durch den Sinn – ihr Vater, der eine fleischige, haarige russische Dame bestieg. Sie konnte sich seinen Penis nur wie eine Art Besamungsspritze vorstellen, nicht wie ein Instrument der Lust. Nein, eigentlich konnte sie ihn sich gar nicht vorstellen, je länger sie darüber nachdachte. Sie rieb eine dicke Schicht Gewürze und Soßen in die Haut des kalten Hühnchens, um seine wahre Identität zu verhüllen, und schob es in den Ofen. Laß mich nicht hängen, sagte sie zu dem toten Vogel. Benimm dich koscher.

Noahs Eltern schauten am nächsten Tag vorbei, auf dem Nachhauseweg von der Synagoge. Gerda war verblüfft, wie sehr ihr Sohn Noas Hühnchen lobte, und wollte unbedingt von den Resten probieren. Noa war etwas besorgt, widersetzte sich aber nicht. Gerda kostete, schluckte, billigte. Mit einem Hauch Neid erkundigte sie sich bei ihrer ungeschickten Schwiegertochter nach dem Rezept. Geh zu Joe McElligott in der High Street, hätte Noa am liebsten gesagt. Der wird dich schon inspirieren.

Danach war alles ein Kinderspiel. Sie rief Joe an und bestellte, und er lieferte frei Haus. Zunächst nur einmal in der Woche. »Vielen Dank.« »Gern geschehen, Ma'am. Das ist aber ein süßes Baby.« Er kochte selber gern, und sie fingen an, Rezepte auszutauschen. Sie entdeckte, daß Noah alles, was sie nach Joes Anregungen zubereitete, besonders gern mochte. Es gab einen Anschein von Frieden in ihrem Heim. Sie waren eine glückliche, funktionsgestörte Familie. Genau wie alle anderen, die sie kannten.

Joes Bizeps machte sie weiterhin neugierig. Manchmal beobachtete sie Joe unbemerkt durch das Schaufenster, wie er Unmengen blutiger Tierleichen zerhackte und zerteilte, und sein muskulöser Arm war eine energische Verlängerung seines kräftigen Körpers. Wenn sie zu Hause ihre Hände in das rohe Fleisch versenkte, das sie bei ihm gekauft hatte, überrollte sie eine Woge der Lust auf ihren neuen Metzger. Einmal blieb sie etwas länger als sonst am Schaufenster stehen, bis er hochsah und sie erblickte. Ihre Augen trafen sich, ohne ein Lächeln. Zwei Stunden später brachte er ihre Lieferung, vier Tage zu früh. Sie ließ das Fleisch auf den Küchenboden fallen und bugsierte ihn direkt ins Schlafzimmer. Nachher versuchte Joe, sich in rudimentärem Französisch bei ihr zu bedanken. Noa kicherte und sagte ihm die Wahrheit.

Joe setzte sich in ihrem Ehebett auf, das um ein paar Größen geschrumpft zu sein schien. »Aha. Deshalb kaufst du nie Schweinefleisch bei mir. Ich hab mich schon gewundert.« Er gab Noa ein erstklassiges Rezept für Truthahnbraten und versprach, eine Arsenal-Mütze für Noas kleinen Jungen mitzubringen. Nächstes Mal.

Noah war von dem Truthahn begeistert, der Geruch eines anderen Mannes in seinem Bett entging ihm. Allerdings beschwerte er sich über die Mütze, als sie auf dem Kopf seines Sohnes auftauchte. »Noa, Noa. Weißt du nicht, daß wir für die Tottenham Spurs sind? Weg mit diesem Ding.« Doch der Kleine kreischte, als Noah versuchte, ihm die Mütze wegzunehmen, und so blieb sie da, gefolgt von einem kleinen Arsenal-T-Shirt und einer Jacke. Joe war ein Fan.

Noa fand das, was beinahe jedesmal geschah, wenn Joe zu ihr kam, einfach wunderbar. Lange dauerte es nie – das war unmöglich –, aber es war perfekt. Sie belogen die Welt, aber nicht einander. Das diametrale Gegenteil des Lebens, das sie mit Noah führte. Sie liebte sogar Joes Arbeit; sie nannte ihn ihren himmlischen Metzger.

Daß ihre Mutter anrief, hatte sie erwartet, aber nicht das: Sie wollte nach London fliegen und bei Noa bleiben, bis ihr Mann wieder zur Vernunft käme. Wie lang? Eine Woche, einen Monat, ein Jahr – solange es halt dauerte. »Ich werd's ihm zeigen, Noale. Er kann sie haben, aber ohne mich. Ich will auch leben. Wie du. Gib dem Kleinen einen Kuß von mir. Bis Freitag. Kann's kaum erwarten.«

Gerdas Anruf wenige Minuten später ließ sie gefrieren. »Noa, hast du den Metzger gewechselt? Mr. Meyerson hat nach dir gefragt. Er sagt, er hat dich schon seit Ewigkeiten nicht mehr gesehen! Wo kaufst du bloß dein Fleisch ein? Doch hoffentlich nicht bei Schmulik? Der ist ein richtiger *ganef*. Hättest du mich besser vorher gefragt!«

Noa log äußerst geschickt. Nein, Gerda. Nicht bei Schmulik. Dann wechselte sie nicht minder geschickt das Thema und kam auf den Besuch ihrer Mutter. »Nächsten Freitag. Na ja ... wegen meinem Vater. Er betrügt sie. Kannst du dir das vorstellen?«

Gerda konnte kaum die Erregung in ihrer Stimme überspielen. Das war aber pikant. Hätte sie dem alten Weinstock gar nicht zugetraut. Sie bot eifrig ihren Rat an und sagte, sie würde vorbeikommen und auf das Baby aufpassen, wenn Noa nach Heathrow fuhr, um ihre Mutter abzuholen. Noa bedankte sich und nahm an.

Und so kam es, daß Joe an Noas Tür klopfte, seine übliche Fleischlieferung in Händen (diesmal mit ein paar zusätzlichen Schweinskoteletts, um seiner Lieblingskundin eine neue Delikatesse vorzustellen), und sich Auge in Auge mit Gerda wiederfand. Diese musterte ihn streng und fragte, wer er sei. »McElligott, der Metzger, Ma'am«, sagte Joe, etwas erstaunt, aber immer noch lächelnd – warum auch nicht? Soweit er wußte, war ihre Affäre ihr süßes Geheimnis, und Noa hatte ihm nichts von ihren subversiven antikoscheren Aktivitäten erzählt. Er ließ das Päckchen bei Gerda und ging, etwas überrascht wegen Noas Abwesenheit, aber nicht allzu besorgt.

Gerda trug das Fleisch in die Küche, in Zeitlupe wie ein verwirrtes Tier. Hatte sie recht gehört? McSowieso? Ein *goyischer* Metzger? Das konnte nicht sein. Sie öffnete das Päckchen und stieß einen Urschrei aus. Das mußte ein Irrtum sein. Aber Noas Name und Adresse standen auf der Rechnung, die sie drinnen entdeckte. Diese israelische Parvenüschlampe ernährte ihren Sohn mit *trejf*!! Sie hatte ja immer gewußt, daß mit der irgend etwas nicht stimmte. Und ihr Vater! Und das arme Kind! Plötzlich fiel Gerda der köstliche Geschmack von Noas Hühnchen wieder ein. Sie erschauerte. Sie wollte von neuem schreien und Noah anrufen, doch statt dessen weinte und weinte sie, bis sie erschöpft auf der Wohnzimmercouch einschlief.

Auf dem Heimweg vom Flughafen hörte sich Noa die Geschichten ihrer Mutter über »diesen Mann« und »diese Frau« an. Aber er ist doch immer noch mein Vater, dachte sie, wie soll ich ihr das denn sagen? Und wie es scheint, habe ich mehr mit ihm gemeinsam, als mir je bewußt war. Plötzlich sah sie das freundliche Gesicht ihres Vaters vor sich, erinnerte sich an sein scheues Lächeln und seine lieben Augen, seine langsamen, unbeholfenen Bewegungen, wenn er sie in den Arm nahm. Und wenn sein Körper, der sich kaum noch aufrecht halten konnte, noch ein Eigenleben hatte – na und? Alles war so verdammt kompliziert ... »Ach, ich liebe diesen englischen Regen, Noale. Ich werde eine Zeitlang bleiben. Sollen die doch in der Hitze braten.«

Als sie zu Hause eintrafen, war Noah bereits da, von seiner Mutter herbeizitiert. Gerda ignorierte die Anwesenheit von Noas Mutter und zerrte ihre Schwiegertochter am Ärmel in die Küche. »Das da!!« fauchte sie und zeigte mit einer Mischung aus moralischer Entrüstung und körperlichem Ekel auf das Fleisch, »das da hast du uns vorgesetzt? Wer bist du, der Teufel?«

Noa hatte erwartet, daß es eines Tages knallen würde, aber noch nicht so bald. Nicht heute und nicht so. Gerda durfte nicht die Oberhand behalten. Noa schaute sich im Wohnzimmer um. Noah war bleich, noch bleicher als sonst, und sprachlos. Noas Mutter war unsicher. Sie begriff nicht, was los war, aber sie bemerkte Gerdas Grobheit und kaum gezügelte Wut. Und den herausfordernden Blick auf dem Gesicht ihrer Tochter.

Während sie die Szene betrachtete, die jeden Augenblick in ein Gemetzel ausarten konnte, kehrte Noas Mut genauso schnell zurück, wie er sie verlassen hatte. Gestärkt von den Monaten des fröhlichen Ehebruchs mit Joe, spürte sie, daß sie dem Feind lieber gegenübertreten als in verborgenem Schmerz waten wollte. Sie würde das Eintreiben der Schulden diesen jämmerlichen Gestalten mit ihren häßlichen Penthousewohnungen und ihrer gespreizten Aussprache überlassen, beschloß sie.

»Ich wollte es dir schon lange sagen«, verkündete sie ohne eine Spur von Hysterie und schaute Noah in die Augen, »ich werde nicht bei dir bleiben. Nicht um so zu leben. Wie deine Eltern. Du bist ein *efes* ... Und ... deine Fußballmannschaft ist scheiße.«

Gerda sprang auf und bot sich an, das Fleisch wegzuwerfen, aber ihr Sohn hielt sie zurück und schickte beide Mütter auf einen Spaziergang. Als sie allein waren, ließ sich Noah auf das Sofa fallen und brach in Gelächter aus:

»Noa. Komm her. Du Dummes. Wenn ich außer Haus esse, dann nie koscher. Es ist mir scheißegal. Ich tue nur *ihnen* einen Gefallen damit, aber mir ist es scheißegal. Wußtest du das nicht? Wirklich und ehrlich. Von mir aus kannst du jedes Fleisch kaufen, das du willst. Was gibt's zum Abendessen?« Er streckte die Arme nach ihr aus, doch da klopfte es an der Tür. Joe war zurückgekehrt, in der Hoffnung, Noa diesmal anzutreffen. Und nun saß sie mit ihrem bläßlichen, nach Luft schnappenden Ehemann da. Noa machte einen Schritt auf Joe zu, aber ihr Sohn kam ihr zuvor. Er rannte auf ihn zu, ruderte mit den kleinen Armen und schrie »Ah-senal! Ah-senal!«

Manche Schulden sind es nicht wert, daß man sie eintreibt, dachte Noah, als er den schmachtenden Blick auffing, den Joe seiner Frau zuwarf. »Warten Sie!« sagte er ruhig, als Joe sich zum Gehen wandte. Er verschwand in der Küche und kehrte umgehend mit dem Fleischpäckchen zurück. »Bitte nehmen Sie das wieder mit. Meine Frau und ich werden Vegetarier. Ab heute.«

»Und ich koche«, sagte er, als sie wieder allein waren. »Hast du Lust auf Pasta?«

Noa nickte. Sie war sich nicht sicher, wer diese Runde gewonnen hatte, und es war ihr auch gleich. Es war vorbei, und das fühlte sich gut an. Sie beschloß, dem kleinen Gili eine Tottenham-Mütze zu kaufen.

Schwarzer Zug

Es gibt keine einfache Art, es zu sagen: Hätte sich meine Mutter an jenem Silvester, in einem Zustand trüber Trunkenheit und vor den Augen einer großen, melancholischen Partygesellschaft, die das Ende des Jahres 1968 beging, nicht in die Hosen geschissen, dann wären wir nie aus Prag weggekommen. Während so viele Familien meiner Freunde ihre Sachen packten und fortgingen oder öfter noch fortgingen, ohne lange auffällig zu packen, rührten sich meine dickköpfigen Eltern nicht vom Fleck, Russen hin, Russen her. Bis zu jener festlichen Nacht, als die unerträgliche Peinlichkeit, plötzlich in einer kleinen braunen Pfütze aus eigener Herstellung zu sitzen, meiner Mutter, Mann und Kind im Schlepptau, keine andere Wahl ließ, als am nächsten Tag Prag mit dem ersten Zug nach Wien zu verlassen, auf Nimmerwiedersehen. Unsere halbherzigen Beschwörungen, sie sei doch eingeschlafen und könne nichts dafür, richteten nichts aus: die Kontrolle über den eigenen Körper zu verlieren, das stellte in ihren Augen die schlimmste Schwäche überhaupt dar. Keiner würde je vergessen, was sie getan hatte; sie *mußte* einfach emigrieren.

Da war was dran, wie Dr. Poussard sagen würde. Meine Mutter war eine große Schauspielerin, beliebt und hochangesehen. Nachdem sie in ihren Teenagerjahren als das Pendant einer strahlenden Hollywood-Naiven begonnen hatte, in trüben Filmen des sozialistischen Realismus mit schlecht gekleideten Menschen in düsteren Fabriken, auf nebligen Feldern und herzlosen Entbindungsstationen, reifte sie Schritt für Schritt zu Hauptrollen auf der Bühne und in der anrollenden *nouvelle vague* des tschechischen Films heran. Ich war stolz auf sie. Sie ließ meinem Vater und mir nicht viel Raum, aber das machte uns nichts aus. Eigentlich.

Meine Eltern entdeckten einander auf unromantische Weise, bei den Dreharbeiten zu einem jener frühen tristen Filme; meine blutjunge Mutter versuchte, den Rest der Besetzung auszustechen, zu der auch mein Vater als patriotischer Dichter und staubverschmierter Bergarbeiter gehörte. Witzigerweise hatte mein Vater, bevor er mit dem Schauspielen begann, tatsächlich beides gemacht. Und seine Haare waren damals buchstäblich kohlrabenschwarz – genau wie meine bis vor etwa zehn Jahren. Nachdem er meine Mutter geheiratet hatte, spielte er noch eine Reihe kleiner, aber solider Filmrollen, doch technisch gesprochen war seine Hauptaufgabe im Leben die einer Schranke zwischen ihrer überdrehten Erregbarkeit und meinen Zeitlupenreaktionen auf all diese Überreizung. Er war wie ein Thermostat mit Sensor, der die Temperatur unserer kleinen, aber intensiven Familie zu regulieren hatte. Kein Wunder, daß er zusammenbrach, kaum daß wir unsere Heimat verlassen hatten. So sieht es Dr. Poussard, das ist nicht meine Erkenntnis. Obwohl ich ihm auf die Sprünge half, indem ich mich daran erinnerte, daß mein Vater in jenem Zug nach Wien viel weinte und, sobald er damit fertig war, ein ellenlanges Gedicht schrieb, das mit den Worten anhob: »Wir könnten genausogut tot sein –«

Das Gedicht heißt *Cerný vlak* (Schwarzer Zug), und ich ermutigte ihn, es in einer tschechischen Exilzeitschrift in Toronto zu veröffentlichen. Und ich bin froh darüber, denn es machte ihn für eine Zeitlang geradezu berühmt unter den tschechisch-kanadischen Auswanderern. Er überlebte nur zwei unserer Winter in Ottawa, aber dank dem Schwarzen Zug war seine Trauer am Ende süß, nicht bitter. Das ist allerdings meine Erkenntnis, nicht die von Dr. Poussard.

Ich war fast fünfzehn, als wir Prag verließen. Intellektuell ziemlich frühreif, aber körperlich … Dazu nur soviel: Auf meine Brüste wartete ich noch. Anders als meine beste Freundin Olina, die zudem mit vierzehn voll im Bilde war, inklusive mehrerer fröhlicher Versuche, ihre Jungfräulichkeit zu verlieren. Olina wohnte ein Stockwerk unter uns in einer riesigen Wohnung zusammen mit ihren Eltern, zwei Großmüttern und kaum Möbeln. Sie war ein Einzelkind wie ich, aber anders als ich wuchs sie in einem sicheren Kokon aus geringen Stimmungsschwankungen und stiller Apathie auf. Sie sah, wiederum anders als ich, ein großes Vorbild in meiner Mutter mit ihrem wilden Ehrgeiz und ihrem mal königlichen, mal brüsken Gehabe, während ich mich insgeheim nach Olinas stämmiger, liebevoller Mutter sehnte, deren feste Umarmungen immer nach zuckrigen Weihnachtskeksen rochen. Wie das Leben so spielt, blieb Olina in Prag und wurde ein Filmstar. Ihre Eltern räumten heimlich, still und leise all unsere antiken Möbel und Bilder in ihre Wohnung, nachdem wir fort waren. Sie schickten uns die meisten Bücher und Fotoalben hinterher, aber meine Eltern verziehen ihnen nie, daß sie den intimen Inhalt unseres Prager Heims geerbt hatten. Doch Olina und ich blieben in Verbindung, auch wenn ich nie viel zu erzählen hatte, während ich tiefer und tiefer in meiner amerikanischen Vorstadt versank.

Die Party damals hatte in unserer Wohnung stattgefunden. Die meisten Gäste waren Schauspieler, Schriftsteller, Sänger, Künstler, Filmregisseure. Die Kreise meiner Mutter eben. Olina war auch da, denn ihre Eltern wurden immer zu unseren Parties eingeladen, schon seit wir Kleinkinder waren. Nicht weil sie dicke Freunde gewesen wären, das waren sie nicht, sondern weil meinen Eltern die Vorstellung gefiel, gute Nachbarn zu sein. Olinas Eltern gaben nie Parties.

Dr. Poussard betont oft, daß Olina die erste war, die den Geruch bemerkte und ihre Eltern darüber informierte, daß meine Mutter in einer Lache aus flüssiger Scheiße schlief. Olinas Stimme tönte hübsch und hell. Das tut sie heute noch.

Aber es war nicht der Klang von Olinas Stimme, der meine Mutter weckte, sondern die plötzliche Stille in dem überfüllten Zimmer, die wuchs und sich ausbreitete wie ein Tropfen Tinte auf Löschpapier. Als ihr ihre Lage klar wurde, starb sie gewissermaßen. Nicht äußerlich – ihr Auftreten war so großartig wie immer, sie versuchte sogar, recht überzeugend, sich selbst durch den Kakao zu ziehen. Aber als wir fortgingen, nahm sie diese Stille mit nach Wien und später nach Kanada, stellte sie auf wie eine unsichtbare Wand und schaute nie mehr dahinter.

Unsere Emigration verlief relativ glatt. Ich weiß nicht mehr, wie oder warum wir schließlich in dem trüben, verfrorenen, eiskalten Kleinstadt-Ottawa landeten, aber es war eine passende Strafe für zwei Menschen – meine Eltern –, die nicht an das Leben erinnert werden wollten, das sie zurückgelassen hatten. Ja, es war eine Art Selbstmord, und ich brauche Dr. Poussard nicht, um mir das zu sagen.

Nach einem Leben in höchstem materiellen und sogar geistigen Komfort – das würde ich selbst heute noch sagen – waren wir plötzlich arm, in jeder Hinsicht. Wir wußten, daß mit der Zeit unsere Muttersprache verknöchern würde, während sich unser mühselig erworbenes Englisch immer anfühlen würde wie Schnee auf eiskalter Haut.

Die Depressionen meines Vaters begannen, sobald wir im Zug nach Wien saßen, traten aber erst so richtig zutage, als wir uns in Ottawa niedergelassen hatten. Unser erstes Heim dort lag im neunten Stock eines hohen, roten Backsteinbaus, es war eine kleine Wohnung mit einer pittoresken Aussicht über den Rideau-Kanal. Wir mochten diesen frischen, irreführenden Eindruck einer weißen, idyllischen Stadt mit lächelnden, rotgesichtigen Menschen, die völlig unbekümmert auf dem Kanal Schlittschuh liefen, immer hin und her. Wir mochten die kuschlige Wärme in jedem Innenraum. Aber nach einem Jahr war uns klar, daß wir nicht auf einem lustigen ausländischen Spielplatz gelandet waren, sondern in einem echten Land, das wir Zuhause nennen sollten und nicht konnten.

Während andere tschechische Exilanten, die wir kannten, sich zügig in diese oder jene Nische des kanadischen Lebens begaben, saß mein Vater daheim und schrieb lange Gedichte. Wenn die Wörter versiegten, weinte er, das Gesicht in einem großen tschechischen Wörterbuch vergraben.

Unnötig zu sagen, daß meine Mutter nie mehr als Schauspielerin auftrat. Sie fand eine Arbeit als Tschechischlehrerin für kanadische Diplomaten; jedes Jahr mußten ein paar vor ihrer Entsendung nach Prag sprachlich vorbereitet werden. Meine Mutter entpuppte sich als begabte Lehrerin und war sehr gefragt. Ihr Teilzeitverdienst war unser einziges Einkommen. Mir machte das nichts aus, denn während der ersten zwei oder drei Jahre meines neuen Lebens tat ich nichts anderes, als in der Sicherheit unseres selbstauferlegten Winterschlafes Seifenopern zu gucken.

Und viel mehr, finde ich, brauche ich über meine Person nicht zu berichten. Der Rest ist unbedeutend und alltäglich. Selbst Dr. Poussard würde da zustimmen. Alle Emigranten haben dieselbe Grundgeschichte zu erzählen: zunächst ein kleines Sterben, wenn sie ihre Heimat verlassen, dann kurzlebige Euphorie, wenn es so aussieht, als wäre ihnen die Chance geschenkt worden, ihr Lebensmanuskript in einer freien Gesellschaft umzuschreiben, und dann lebenslange Traurigkeit, sobald ihnen klar wird, daß sie die unwiderrufliche Wahl getroffen haben, sich von ihren Wurzeln abzuschneiden. Sie können erfolgreich wirken und ein aufregendes Leben führen – aber sie werden sich immer wie Bürger zweiter Klasse fühlen, ganz gleich, wo sie sind. Und diese immense innere Leere werden sie nie im Leben ausfüllen können.

So erging es auch mir. Als ich allein mit meiner Mutter dasaß, sah ich mich schließlich gezwungen, aus meinem schützenden Schneckenhäuschen zu kriechen und der Welt gegenüberzutreten. Zum Glück hatte ich mich, als es soweit war, zu einer ziemlich attraktiven jungen Frau gemausert, und wer meine Vorgeschichte nicht kannte, mochte mich für ein typisches kanadisches Hoppla-hier-komm-ich-Mädchen halten. Ich machte überhaupt nichts Besonderes: studierte englische Literatur an der Universität von Ottawa, bereiste Europa und die Staaten und wußte danach nicht recht, was ich mit mir anfangen sollte. Als ich Jimmy D'Angelo aus Valhalla, New York, kennenlernte, wünschte ich mir ein Zuhause zusammen mit ihm.

Jimmy war ein unglaublich gutaussehender junger Mann, so etwas war mir im Leben noch nicht begegnet. Er hätte Hollywood im Sturm erobern können, zog es aber vor, Klempner in der Firma seines Vaters zu werden. Ich liebte ihn, weil er sich nie von meiner Vergangenheit beeinträchtigen ließ. Er konnte die düsteren Gedichte meines Vaters nicht lesen. Sah meine Mutter nicht als tragische Grande Dame des tschechischen Films und Theaters, sondern als liebenswerte, wenn auch etwas schwierige ältere Lady mit anstrengenden Ansprüchen und einem komischen Akzent. Nicht viel anders als seine eigene Mutter und Großmutter (die beide Lucia hießen).

Ich liebte ihn außerdem, weil seine Vorfahren derbe Steinmetze aus der Toskana gewesen waren, die den Damm von Valhalla mitgebaut hatten und inzwischen mit ihrem ganzen Familienclan in der Nähe, in Westchester oder in Brooklyn lebten. Ich hatte wie aus dem Nichts eine große Familie, und mit meinen dunklen Haaren sah ich aus wie eine von ihnen. Selbst mein Name klang fast italienisch – Anna D'Angelo. Viel besser als Anna Kotrlik.

Jimmy verdiente Unmassen Geld. Sein Name schien bei jeder Hausfrau von Westchester ganz obenan zu stehen, wenn mal ein Klempner gebraucht wurde, selbst beim geringsten Anlaß. Seine Visitenkarte war unter Garantie verziert mit ihren Phantasiebildern von meinem göttlich aussehenden Mann, der unter Waschbecken und Toiletten kroch und unsagbar intime *Dinge* aus den unsichtbaren Eingeweiden ihrer Häuser zutage förderte. Oder war das mein Bild von ihm? Jimmy war, wie Dr. Poussard es einmal ausgedrückt hat, ein natürlicher Mann. Damit wollte er sagen, daß ich einen primitiven Klotz geheiratet hatte, mit dem mich eigentlich nicht das Geringste verbinden konnte; kaum vorstellbar, daß wir ein richtiges Gespräch miteinander führten.

Aber da irrte er sich. Ich redete liebend gerne mit Jimmy; er war wie ein warmes Bad. Und genau das brauchte ich – jemanden, der nicht um jeden Preis alles von mir erfahren mußte, nur die einfachen Dinge. Außerdem war er der einzige Mensch, dem ich je von dem dunklen Geheimnis meiner Mutter erzählt habe. Ich glaube, sogar schon bei unserem ersten Rendezvous. Sein feierliches dunkles Gesicht öffnete sich zu einem weichen, verständnisvollen Lächeln, und ich wußte, er würde niemals ein Wort darüber verlieren. Außerdem spürte ich sofort, daß mein Vater diesen Kerl geliebt hätte.

Auch Jimmy hatte ein kleines dunkles Geheimnis. Er versuchte, eine Geschichte zu schreiben, eine einzige, und zwar, seit er sechzehn Jahre alt war. Einer seiner Englischlehrer, ein gewisser Mr. Weiss, hatte ihn ermutigt, zu schreiben und aufs College zu gehen, aber das hatte Jimmy nicht getan, und diese Geschichte war seine Art und Weise, sich zu beweisen, daß er es hätte schaffen können, wenn er nur gewollt hätte. Er kam nie über die ersten beiden Absätze hinaus, und als er sie mir zeigte, war ich zutiefst beeindruckt:

»Ich hatte so viele Schwestern, daß es Tage gab, an denen unser Haus unglaublich nach Monatsblut stank. Obgleich ich ihr Blut niemals zu Gesicht bekommen habe, stellte ich es mir immer als üble, dicke, schlammige Flüssigkeit vor, nicht rot, sondern schwarz. Ab und zu träumte ich davon, wie ich langsam und mühevoll durch Sümpfe dieses Blutes watete, bis ich meine Füße in die Luft erhob und knapp darüber herflog, wie ein großer, tolpatschiger Vogel.

Meine Schwestern taten mir leid. Oft lagen mehrere von ihnen zusammengekrümmt in verschiedenen Ecken des Hauses, sehnsüchtig auf Erleichterung von den anscheinend sehr schmerzhaften Bauchkrämpfen hoffend. Ich stellte mir das Innere ihrer Körper vor, die verborgenen Höhlen und Spalten und mysteriösen Mechanismen der unbefruchteten Eier, die einen Ausgang suchten und all dieses Blutvergießen verursachten. Und während meine Schwestern unter ihren Monatsschmerzen litten, schritt ich zwischen ihnen hindurch wie ein junger männlicher Gott, frei und ohne ständig so hinderlich und unangenehm an mein Geschlecht erinnert zu werden.«

Laut Dr. Poussard hatte Jimmy nur eine Art Tagebuch geschrieben. Dr. Poussards Meinung zählt aber nicht, wenn es um Literatur geht. Zufällig weiß ich, daß Jimmy einen ehrgeizigen Plan für die Handlung hatte: Der Ich-Erzähler war ein taubstummer Serienvergewaltiger, und die Geschichte basierte auf einem seiner Schulfreunde, einem Jungen namens Tony Galante, und Tony saß eine lebenslange Strafe für die grauenhaften Vergewaltigungen ab, die er auf der Bahnlinie zwischen Manhattan und den nördlichen Vorstädten verübt hatte, meistens irgendwo zwischen White Plains und Pleasantville, meistens am hellichten Tage.

Wie auch immer. Der springende Punkt bei dieser Geschichte ist, da bin ich mit Dr. Poussard einer Meinung, daß ich, als Olina wieder auftauchte, in einem großen, typisch amerikanischen Vorstadthaus saß, mit einer weiten, einförmigen Fläche grünes Land ringsherum. Einer von Jimmys Onkeln kümmerte sich um den Garten, der hauptsächlich aus ausgedehntem Rasen und einem kleinen Wäldchen riesenhafter, immergrüner Bäume bestand, das wir mit unsichtbaren Nachbarn teilten. Für meine immer noch europäischen Augen war Valhalla wie ein wunderschöner Friedhof. Nie hörte oder sah man Menschen auf der Straße – entweder waren sie gerade still in ihren Gärten oder Häusern beschäftigt, oder sie fuhren mit ihren an Panzerfahrzeuge erinnernden Autos durch die Gegend. Ich fragte mich oft, wie es großen, warmherzigen Familien, Jimmys zum Beispiel, gelungen war, in so kurzer Zeit zu Vorstadtamerikanern der Mittelklasse zu werden, ihre Gewohnheiten vollständig umzukrempeln und von der Farbigkeit und Wärme des italienischen Straßenlebens zu der tödlichen Eintönigkeit dieser Bilderbuchviertel überzuwechseln. Andererseits hatte ich genau dasselbe getan, nur ein bißchen schneller.

Olina war über all die Jahre eine treue Briefschreiberin gewesen, viel besser als ich. Ihre Briefe waren regelmäßige, lange, detaillierte Berichte (begleitet von vielen Schwarzweißfotos) aus ihrem wahnwitzigen Leben, zuerst als Schauspielschülerin, dann mit ihrem ersten Mann, einem Fernsehproduzenten. Sie war mühelos mit der Welt verschmolzen, in der meine Mutter einst geherrscht hatte, doch obwohl sie immer eine große Schauspielerin hatte werden wollen, war sie stets am Rand geblieben. Olina spielte goldige, kükenhafte Rollen, bis ihre Kinder zur Welt kamen, und lebte in der ständigen Angst, ihr gutes Aussehen zu verlieren. Jede Schwangerschaft (es waren zwei, mit drei Jahren Abstand) versetzte sie in furchtbare Panik, aber am meisten fürchtete sie die einsame Rolle der Vollzeitmutter. Ich las ihre atemlosen Berichte und dachte, du hast doch keine Ahnung, was Einsamkeit bedeutet, du bist von Menschen umgeben, nicht von Rasenflächen und Bäumen, so weit das Auge reicht.

Ihre Briefe versetzten mich in einen bittersüßen Zustand von Heimweh und halfen mir, eine vage Verbindung zu Prag zu halten, Jahr um Jahr, obwohl die Stadt für mich längst ein imaginärer, unerreichbarer Mythos geworden war. Ich war davon überzeugt, daß man mir nie erlauben würde, dorthin zurückzukehren und alles mit eigenen, erwachsenen Augen wiederzusehen. Doch Olina wohnte immer noch in der Wohnung ihrer Eltern – beide Großmütter waren gestorben. Manchmal rief sie mich an, meist zu Silvester, was auch mein Geburtstag ist. Immer klang sie aufgeregt, fast manisch, als wäre ihr gerade eine wichtige Rolle in einem großen Film angeboten worden. Ihre Briefe aber enthüllten, wie unzufrieden sie mit ihrem Leben war, wie zutiefst enttäuscht.

Und ich hatte so wenig zu berichten – ich war nur eine Hausfrau, manchmal effizient, manchmal lasch. Ich hatte auch zwei Kinder, etwas älter als Olinas, und ich hatte nie irgendeinen Beruf ausgeübt. Es ergab einfach keinen Sinn, Jimmys Frau zu sein und zu arbeiten, also kümmerte ich mich nie darum. Ich las viel und organisierte einen Leseclub in der örtlichen Bücherei, aber das war's auch schon. Ich machte mir auch nicht allzu viele Sorgen um meine sich allmählich ausdehnende Taille. In meinem Leben gab es wenig Anlässe, hübsche Kleider anzuziehen, und Jimmy war es egal, wenn ich langsam anfing, seiner plumpen Mutter und seinen Schwestern ähnlich zu sehen. Was sollte ich ihr erzählen? Sie war neidisch auf mein Märchenglück, so wie sie auf die Mutter neidisch gewesen war, die ich hatte, als wir Kinder waren.

Dr. Poussard hat mich gebeten, die Häufigkeit von Olinas Anrufen im letzten Jahr zu schätzen. Es fällt mir nicht schwer, mich daran zu erinnern, daß sie nach meinem fünfunddreißigsten Geburtstag anfing, mich öfter anzurufen. Wir unterhielten uns etwa einmal im Monat, und plötzlich häuften sich scherzhafte Anspielungen auf eine Affäre, die sie mit einem amerikanischen Geschäftsmann hatte. Eines Tages quietschte sie vor Aufregung, als sie mir erzählte, daß sie vielleicht die Tschechoslowakei verlassen und in den USA leben dürfe. Ich hielt sie für wahnsinnig, so am Telefon zu reden, aber sie meinte, die Revolution habe alles geändert, sie sei jetzt frei, zu tun und zu sagen, was sie wolle. »Aber meinst du, es wäre falsch, wenn ich die Kinder ihrem Vater wegnehme?« fragte sie grämlich, und ich war mir immer noch sicher, sie meinte es nicht ernst.

Ein paar Monate später bekam ich einen jubelnden Anruf – Ortsgespräch – von Olinas Ehemann Roman. Er war auf Geschäftsreise in New York und rief mich an, um mir die liebsten Grüße von seiner Frau auszurichten. Dann sagte er, mit etwas mehr Farbe in seiner etwas anämischen Stimme: »Die Revolution hat unsere Ehe gerettet, weißt du.« Die Erklärung folgte auf dem Fuß. Olina hatte eine Affäre mit einem älteren Amerikaner gehabt – nicht ihr erster Seitensprung offenbar. In den achtziger Jahren hatte sie ständig von den Staaten geschwärmt und versucht, mit Touristen, Akademikern und Geschäftsleuten ihr Englisch zu üben. Doch diesmal hatte er, Roman, sich eingeschaltet und zornig die Notbremse gezogen, und nun war die ganze Sache vorbei. Bis jetzt, sagte er leise, war das Leben öde gewesen, doch nun, dank der Revolution, war alles ganz aufregend geworden. Er wiederholte das Wort Revolution ständig, als könnte es ihn von allem Bösen erretten und vor Olinas Enttäuschung schützen.

»Heute«, sagte er, »nach all den Jahren, ist unser Prag wieder richtig lebendig geworden, und Olina braucht keine Affären mehr mit Amerikanern anzufangen. Alles wird wieder normal werden.« Ich fragte ihn nicht, was er eigentlich mit »normal« meinte.

Ich hörte nichts von Olina zwischen diesem ersten Anruf von Roman und seinem nächsten, von Prag aus. Er war vollkommen aufgelöst. Olina hatte ihn ohne Vorwarnung verlassen, mit den Kindern, während er übers Wochenende auf Dienstreise in Deutschland gewesen war. Er kam nach Hause und stellte fest, daß sie weg waren; auf dem Küchentisch lag ein Zettel, der ihm mitteilte, wo sie waren. Sie war zu ihrem neuesten Liebhaber in die Staaten geflogen (»ein Mann namens Jack Cohen, ein Scheißjude«, fügte er hinzu). Er weinte immer weiter und meinte, er würde sie wahrscheinlich niemals wiedersehen, es sei denn, er könnte noch mal eine Reise in die USA organisieren. Er würde auf sie warten; er würde sie nicht unter Druck setzen, eher zurückzukehren, als bis sie soweit war. Er würde versuchen, ihre Abwesenheit als »Sommerferien« zu sehen.

Laut Roman wohnte Jack Cohen nicht weit von mir, in Armonk, New York. Roman bat mich, an die Vernunft seiner Frau zu appellieren. Ich solle sie davon überzeugen, daß er, obgleich ihre Ehe praktisch nicht mehr existierte, jede Bedingung ihrerseits annehmen würde. Wieso nicht mehr existierte? Na ja, sie hätten kein richtiges Familienleben mehr gehabt. Olina verschwand ganze Nächte lang, kaum daß er von der Arbeit nach Hause gekommen war; und nachdem sie miteinander geschlafen hatten, weinte sie immer.

Olina sollte also nach all den Jahren meine Nachbarin werden, hier in der Vorstadt! Roman tat mir leid, und Olina auch, und Jack Cohen und am allermeisten die Kinder, aber ich konnte nicht anders, ich fand die ganze Sache auch ein bißchen zum Lachen. Ich erzählte Jimmy, daß ich jeden Augenblick von einer alten Freundin aus Kindertagen hören konnte, die vielleicht meine Hilfe brauchte. Klar, sagte er, kein Problem, okay.

Ein paar Tage später rief mich Olina schließlich an, aus Armonk. Sie weinte und sagte, sie hätte etwas Furchtbares getan, könne nachts nicht schlafen, schlafe bei ihrer Tochter. Erzählte mir von Jack, wie sorgfältig sie beide ihr »Ausreißen« geplant hätten, Monate im voraus. Er hätte alles bezahlt. Dann erzählte sie mir, wie sehr sie ihn liebte, wie sehr sie beide sich liebten. Sie müßten einfach zusammen sein, so sehr liebten sie sich. Er sei ein sagenhafter Liebhaber, so etwas hätte sie noch nie erlebt. Wir verabredeten, daß sie alle am nächsten Wochenende zu Besuch kamen.

Mir fiel noch etwas ein, das mir Roman von Jack erzählt hatte. Sie kannten sich nämlich ziemlich gut. Jack, so sagte er, habe eine Schwäche für tschechische Frauen und habe sich schließlich »für Olina entschieden«, weil sie so wunderbar sei, die reine Verschwendung in Prag und in ihrer hoffnungslosen Ehe. Und jetzt wolle er Kinder (er war fast fünfzig und nie verheiratet gewesen).

Sie kamen am darauffolgenden Sonntag zu uns. Es war furchtbar heiß, und ich war plötzlich schweißgebadet vor Nervosität, als ich Jacks Wagen unsere lange Auffahrt hochkommen sah. Ich hatte keine Ahnung, wie es sein würde, Olina nach all den Jahren und unter solch merkwürdigen Umständen gegenüberzustehen. Als ich sie zum letzten Mal gesehen hatte, zeigte sie mit dem Finger auf das besudelte Minikleid meiner Mutter mit seinem Paisley-Muster in Grün-Orange. Dr. Poussard glaubt, ich hätte immer Olina die Schuld dafür gegeben, daß ich mein Zuhause verloren hatte.

Und da war sie, groß, schlank, ganz in Weiß, etwas müde um die Augen, aber ansonsten immer noch umwerfend, und half einem kleinen blonden Jungen und einem kleinen blonden Mädchen beim Aussteigen vom Rücksitz des Autos. Und da war Jack Cohen, ein quicklebendiger Mann mit freundlichem Lächeln und festem Händedruck.

Olina und ich starrten einander einige Sekunden lang an, bevor wir hysterisch loskreischten und lachten. Bestimmt sind wir uns in die Arme gefallen, aber daran kann ich mich nicht erinnern.

Ihre Erleichterung angesichts meiner fülligen Figur und meiner graumelierten Haare war unübersehbar. Aber dann nahm sie das Haus wahr, Jimmy und meine Kinder, und plötzlich verzagte sie und wollte mich und mein Glück doch nicht mehr übertrumpfen.

Es wurde ein verkrampfter Nachmittag, aber es hätte schlimmer sein können. Die Männer kümmerten sich ums Barbecue, die Kinder spielten irgendwas, Olina und ich unterhielten uns in der Küche. Nein, Olina redete die meiste Zeit. Von Jacks unglaublichem Haus in Usonia, einer Wohngegend nach Entwürfen von Frank Lloyd Wright. »Es scheint aus dem Wald hervorzuwachsen, als hätte die Natur es dorthin gestellt. Die Kinder sind ganz begeistert, und Petrs Ekzem ist schon fast weg. In Prag haben wir ja so eine Luftverschmutzung, weißt du!«

»Natürlich«, seufzte sie, »ist das Haus alles andere als vollkommen.« Sie hatte Jack schon gesagt, daß die Küche neu gemacht werden müsse, und die Schlafzimmer müßten anders verteilt werden, damit jedes der Kinder ein eigenes Zimmer kriegte.

Sie war mitten im Satz, als das Telefon klingelte. Ich hatte eine Platte mit Pommes frites in der Hand, deshalb ging sie an den Apparat. Es war Roman. Er weigerte sich, mit ihr zu reden, und legte auf.

Da kamen die Tränen. Ihr und mir. Olinas melodramatisches Talent hatte mich zu guter Letzt angesteckt, und ich gab mich unserem beiderseitigen Bedürfnis hin, die verlorenen Jahre unseres Lebens zu erzählen.

Doch Jimmy kam herein, und unser kurzer Moment geteilter Zuneigung und äußerster Albernheit war vorbei.

Jimmy sagte: »Ich fahre nachher mit Jack und Olina rüber, bei ihnen müssen die Leitungen in der Küche mal nachgesehen werden. Willst du mitkommen? Vielleicht ist es da kühler als hier.«

Ich wollte nicht. Ich hatte vorerst genug von Olina, die sich innerhalb eines Nachmittags mit ihrer erstaunlichen emotionalen Bedürftigkeit durchgesetzt hatte.

Doch dann stellte sich heraus, daß ich sie gar nicht so oft zu sehen bekam. Als der Sommer zu Ende ging, beschloß sie, nach Prag zurückzugehen, zu ihrem Mann. Er versprach ihr Arbeit beim Fernsehen. Sie sagte, sie sei enttäuscht von der wenig weltgewandten amerikanischen Lebensweise und könne es Jack nicht verzeihen, daß er ihren Sohn wegen seines schlechten Benehmens geohrfeigt habe. Später erzählte mir Jack, sie habe unrealistische Erwartungen in punkto Geld gehabt und von ihm verlangt, endlose Summen für die Kinder auszugeben. Er erzählte mir auch, daß sie immer weinte, nachdem sie miteinander geschlafen hätten.

Aber ich wußte, es gab noch einen anderen Grund, warum Olinas Liebesaffäre mit Amerika so bald abgeebbt war. An jenem heißen Sonntag, als Jimmy mit ihnen nach Usonia fuhr, um die alten Leitungen in Jacks Haus zu reparieren, war es zu einem kleinen Zwischenfall gekommen. Er fummelte gerade an den verborgenen Rohren in der Küche herum und entdeckte, daß diese mit anderen Rohren verbunden waren, die er nicht sofort zuordnen konnte. Er stellte aber fest, daß sie verstopft waren. Mein pflichtbewußter Gatte ging also nach oben und kam dem Problem auf die Spur – die Toilette im ersten Stock war schlimm blockiert. Ihm war unerfindlich, wie eine Verbindung zwischen dieser Toilette und der Küche zustande kommen konnte, aber anscheinend waren einige dieser Häuser ein bißchen experimentell angelegt, von Architekturstudenten entworfen. Er entfernte die Verstopfung der Toilette, was für eine kräftige Kaskade Scheiße sorgte, die durch besagte Designerrohre direkt in die Küchenspüle rauschte und darüber hinaus. Jimmy sagte, als er nach unten gekommen sei, habe er Olina schluchzend in der Küche gefunden, ihre weißen Jeans und ihr Minitop hätten getrieft vor häßlichen schwarzen und braunen Tröpfchen. Jack Cohen versuchte sie zu trösten, indem er die Schuld auf sich nahm, er habe sie nicht

44

davor gewarnt, diese Toilette zu benutzen. Er selbst tat es nämlich nie.

Als Jimmy fertig erzählt hatte, lachte ich so sehr, daß er dachte, ich hätte den Verstand verloren. Dann wählte ich die Nummer meiner Mutter in Ottawa, legte aber schnell wieder auf. Ich beschloß, ihr diese Geschichte lieber direkt zu erzählen und dann vielleicht über eine gemeinsame Reise nach Prag zu reden. Nur zu Besuch.

Als ich mich wieder beruhigt hatte, mußte ich Jimmy unbedingt von ihrer Abfahrt an diesem Nachmittag erzählen. Ich hatte am Küchenfenster gestanden und den beiden nahezu identischen Autos von Jack und Jimmy nachgeschaut, die in einer geraden Linie die Auffahrt hinunterrollten. Alle winkten, ich winkte zurück. Dann, und so beschreibe ich es auch Dr. Poussard immer wieder, genau wie Jimmy, denn so geschah es, dann hatte ich eine Vision, wie der Himmel dunkelviolett wurde, fast schwarz. Ich konnte fast spüren, wie die Temperatur plötzlich sank, und ich hörte etwas, das wie ein Schnellzug klang, der direkt durch mein Haus brauste. Dann wieder Stille. Der Tornado hatte beide Autos emporgehoben und auf dem vorderen Rasen eines entfernten Nachbarn wieder abgeworfen, scheinbar unversehrt. Und mein Haus war unter Gott weiß wie vielen entwurzelten Bäumen begraben. Dr. Poussard findet, an diesem Bild soll ich mich festhalten, bis ich die Namen all der Bäume gelernt habe, auf englisch.

Yoga in Wales

»Stellen Sie sich mit weit gespreizten Beinen hin, die Hände auf den Hüften. Oberkörper kerzengerade, Rücken aufrecht. Schultern fallen lassen, Brust öffnen. Einatmen – und langsam den Rumpf beugen, die Hände flach zwischen Ihren Füßen auf die Matte stellen, wenn Sie es schaffen. Auf den Boden drücken. Und a-atmen. Jetzt schauen Sie hoch, ohne Ihre Haltung zu verändern.«

Ich tat es und stellte fest, daß ich beim Ausatmen direkt auf den Arsch eines Mannes starrte. Natürlich war er nicht nackt – wir machten schließlich Yoga –, aber seine knackigen Umrisse zeichneten sich deutlich unter dem lockeren, baumwollartigen Stoff seiner roten Shorts ab. Irgend jemand anders glotzte wahrscheinlich auf mein nicht ganz so knackiges Hinterteil. »Bitte, lieber Gott, laß mich nicht furzen«, war das stumme, aber machtvolle Mantra, das durch den Raum ging. Einer wurde nicht erhört.

Einige anstrengende Stellungen – *asanas* –, später wurden wir aufgefordert, mit unserem nächsten Nachbarn ein Paar zu bilden und uns gegenseitig bei einer komplizierten Drehhaltung zu korrigieren. Dies war Tag 1 auf einem einwöchigen »Yoga-Workshop in Wales mit Nina Baldwin«, einer berühmten Yoga-Lehrerin. Hinzuknien und die verschwitzten Beine eines vollkommen fremden Menschen zu halten, war kein schlechter Ansatz, um das Eis zu brechen.

Ich schaute nach links und erblickte eine große, elegante Frau um die Sechzig. Sie lächelte und erbot sich, meine Füße am Boden festzuhalten, während ich versuchte, die Drehung nach Ninas Anweisungen auszuführen. »Drehen Sie sich bei jedem Ausatmen erneut. Blicken Sie über Ihre Schulter. Lassen Sie Ihren Körper behutsam Ihrem Blick folgen.«

Dann war ich an der Reihe, ihr zu helfen. Ich umfaßte ihre überraschend kühlen Fessen, und während sie sich in ihrer geschmeidigen Taille drehte, ließ ich die Augen nicht von einer ganz bestimmten, interessanten Stelle hinter ihren entblößten Knien, und das brachte mich, mehr als ihr feingeschnittenes Gesicht, wieder darauf, wo wir uns schon einmal begegnet waren.

Ich war vor fünfundzwanzig Jahren Au-pair-Mädchen bei ihr gewesen. Ich war siebzehn, eine Gymnasiastin aus Paris, und sie war für mich »Mrs. Howard«. Ich sollte einen ganzen Sommer über bleiben, fuhr aber nach drei Wochen nach Hause, obwohl das bedeutete, den ganzen August in einem jüdisch-kommunistischen Ferienlager bei Lille zu verbringen. Mrs. Howard war eine Zicke von überirdischen Ausmaßen.

Sie wohnten damals in einem abgelegenen, pseudo-edlen Viertel irgendwo in Croydon, am Ende einer überproperen Reihe zweistöckiger Stadthäuser. Sie hatte mir beigebracht, mich am Telefon mit »Squirrel Hill 4733« zu melden, und ergötzte sich daran, wie ich diese Worte mit meinem Akzent gründlich verhunzte. »Das ist Nicole, unser französisches Au-pair-Mädchen für diesen Sommer«, sagte sie mit einem freundlichen Lächeln, als sie mich am ersten Abend einer Gruppe ihrer Dinnergäste vorstellte. »Sie ist ziemlich dunkel, nicht wahr? Sind Sie Jüdin, Nicole?« Nein, natürlich nicht, log ich, und alle lachten.

Ich weiß bis heute nicht, warum ich log. Das hatte ich nie zuvor getan und auch danach nie wieder. Vielleicht wußte ich damals instinktiv schon, daß Mrs. Howard und ich uns nicht verstehen würden, und wenn das schon so war, sollte sie mich nicht ablehnen, *weil ich Jüdin war*.

Mit ihrem Mann war es etwas ganz anderes. Als er mich mit einem riesigen, schimmernden weißen Kombi in Waterloo Station abholte, gekleidet in weiße Shorts und ein weißes Polohemd, da setzte mein Teenagerherz kurz aus. Umgeben von all diesem Weiß auf dem Weg nach Croydon, konnte ich nicht anders, ich kam mir geradezu dunkelhäutig vor. Der blonde Flaum auf seinen goldbraunen Armen und Beinen reckte sich mir förmlich entgegen, und ich konnte mich kaum auf seine überaus freundlichen, höflichen Fragen konzentrieren. Mr. Howard war reizend, nett und sehr schüchtern. Die meiste Zeit des Jahres arbeitete er als Ingenieur irgendwo im Nahen Osten und ließ seine Frau und seine zwei Kinder allein in Croydon – und mich mit ihnen. Geständnis: Wäre er ein Pendler, sagen wir: ins West End gewesen, hätte ich vielleicht meinen Stolz überwunden und Mrs. Howard den ganzen Sommer ertragen, wenn nicht noch länger.

Die Kinder, der neunjährige Julius und die vierjährige Anna, waren absolut pflegeleicht. Der kluge und charmante Julius war mein stillschweigender Kumpel. Wir sahen zusammen fern – einmal flennten wir uns sogar durch eine rührselige Episode von »Emma«. Die furchtbar süße Anna lief mir überallhin nach und plapperte nonstop, völlig unbeeindruckt von der Tatsache, daß ich das meiste von ihrem Baby-Englisch nicht verstand. Ehrlich gesagt, ich verliebte mich in Mrs. Howards Kinder, und wenn sich meine Aufgaben darauf beschränkt hätten, nach ihnen zu sehen, wie mir die Au-pair-Agentur glaubhaft versichert hatte, wäre alles bestens gewesen.

Doch Lucy Howard stellte sich das anders vor. Ich hatte um sechs aufzustehen, vor allen anderen, und mußte »Frühstück kochen«, damit sie alle zum Duft von Spiegeleiern mit Bacon, Toast und Kaffee aufwachen konnten. Ich mußte »das ganze Haus putzen, von oben bis unten«, und zwar jeden Tag. Ihr in der Küche helfen, wann immer sie selbst etwas kochen wollte, die Küche nach jeder Mahlzeit aufräumen und putzen und Zeit mit den Kindern verbringen, bevor sie ins Bett gingen. Ab und zu wurde ich aufgefordert, in dem ordentlichen Garten mit ihnen zu spielen, wo Mrs. Howard sich immer, wenn das Wetter es zuließ, auf ein Strandtuch drapierte und versuchte, ihre »spanische Bräune« zu erhalten, wie sie es ausdrückte. Sie waren erst vor kurzem aus den Ferien zurückgekehrt.

Ich war eine Leseratte und hatte im Leben noch nichts gekocht, und was sie unter einem »englischen Frühstück« verstand, wußte ich erst recht nicht. An meinem ersten Morgen übernahm Charles Howard persönlich die Aufgabe, es mir beizubringen (seine Frau bleibe gern noch etwas länger liegen, flüsterte er mir entschuldigend zu). Es sah eigentlich ganz leicht aus, außerdem war es ein wunderbarer Vorwand dafür, ein paar Augenblicke allein mit ihm zu verbringen. Er war äußerst geschickt dabei, den Bacon in die Pfanne zu werfen und genau im richtigen Moment zu wenden, wenn er den perfekten Grad an Verschrumpelung erreicht hatte. Dito die Eier, meistens zum selben Zeitpunkt.

Nach jenem ersten Tag blieb ich auf mich selbst gestellt. Und jeden Morgen versaute ich das Frühstück grandios. Unter meinen Händen zerkrunkelte der Bacon zu dünnen Streifen Holzkohle. Die Eier waren grundsätzlich an den Rändern verbrannt. Der Toast desgleichen – einmal ging er sogar in Flammen auf, was Mr. Howard dazu brachte, die Treppe heruntergerannt zu kommen, im halboffenen Morgenmantel. Ich fühlte mich wie eine Figur aus einer schlechten englischen Seifenoper. Nach diesem Desaster wurde von mir nicht länger erwartet, das Frühstück zu machen.

Dank meiner Nervosität und der zunehmenden Spannungen zwischen uns fing ich auch an, ihre Teller zu zerdeppern, Teile aus ihrem kostbaren Service fallen zu lassen, ihre Toilette zu verstopfen. Einmal rutschte ich aus, als ich die Treppe auf Strümpfen hinunterlief. Ich stürzte kopfüber hinab wie ein Betrunkener und landete unter einem zierlichen kleinen antiken Tischchen am Fuß der Stufen. Ich wand mich in Schmerzen, und Lucy Howard fand sich ein, nur um loszukreischen: »O Gott, sie hat ihn kaputtgemacht!« Ich weiß noch, wie Mr. Howard sie ungläubig anstarrte und ganz leise sagte: »Liebling, sollten wir uns nicht mal um das Mädchen kümmern, ob ihr auch nichts passiert ist?« Er half mir auf die Füße und kam später am selben Abend sogar in mein Zimmer, um nach mir zu sehen. Mir ging es gut, aber als ich ihn sah, brach ich in Tränen aus – ohne ihm zu sagen warum, denn dann hätte er sich zu Tode erschrocken. Für ein verwöhntes Mädchen aus einem netten, progressiven französisch-jüdischen Elternhaus war das bisher ein ziemlich harter Sommer gewesen. Ich hatte verschiedenste Erfahrungen gemacht – wie es ist, eine Dienstbotin zu sein, eine Fremde und eine Niete auf ganzer Linie, denn ich versagte selbst bei den einfachsten Hausarbeiten, kurz: wie es ist, vollkommen zu vergessen, daß ich ein intelligentes menschliches Wesen mit eigenen Gedanken und Träumen war. Die Abneigung, die ich Mrs. Howard gegenüber verspürte, war ebenfalls ein neues, machtvolles Gefühl – ganz zu schweigen von meiner Verknalltheit in ihren *verbotenen* Mann.

Also weinte ich nur, und er legte seinen Arm um mich und tätschelte mir den Kopf, dann spielte er mit seinen Fingern in meinen Locken, und dann küßte er mich auf die Lippen. Ich hörte auf zu weinen und sagte, ziemlich bestimmt, das weiß ich noch: »Ich glaube, Sie sollten jetzt lieber gehen.«

»Ich werde gehen, wenn ich fertig bin«, sagte der schüchterne Herr des Hauses nicht minder bestimmt und war weiterhin äußerst liebenswürdig zu mir, bis er die Schritte seiner Kinder auf dem Treppenabsatz hörte. Am nächsten Morgen war er weg – zurück nach Saudi-Arabien.

Der andere erotische Moment meines kurzen Aufenthaltes in Croydon stand in Verbindung mit Mrs. Howards sexy Knien. Eines Sonntagmorgens beschloß ich aus schierer Verzweiflung, eine alte Freundin meines Vaters anzurufen, eine Schriftstellerin, die in Notting Hill wohnte. Mein Vater hatte gesagt, ich solle mich bei ihr melden, wenn ich irgend etwas brauchte oder ich über Nacht in London bleiben wolle. Ich wählte ihre Nummer, und ein Mann mit schwerem slawischem Akzent ging an den Apparat. Die Freundin meines Vaters sei nicht da, er sei ihr Cousin und hüte das Haus, da er im Augenblick sonst keine Bleibe habe – er sei vor kurzem aus Prag geflohen und selbst ein Schriftsteller, wenn auch kein bedeutender, lachte er. Natürlich kannte er auch meinen Vater. Ob er mich denn in Croydon besuchen solle? Heute fühle er sich alt und deprimiert, aber wenn er ganz spontan in einen Zug springen könne, um ein junges Mädchen zu treffen, dessen Stimme er so verlockend finde, würde er sich bestimmt besser fühlen.

Dieses Gespräch verblüffte mich zutiefst. Ich muß wohl ja gesagt haben. Er kam zum Lunch, ein kleiner, kahl werdender Mann in den mittleren Jahren mit durchdringenden blauen Augen, wuschligen Brauen und einer feurigen Redeweise, immer dem Bewußtseinsstrom folgend. Ich stellte ihn Mrs. H. vor und bemerkte eine erstaunliche Verwandlung in ihrem Benehmen. Kaum hatte Karel Herman einen sehnsüchtigen Blick in ihre Richtung abgeschossen und heftig zwinkernd gesagt: »Ach, könnte ich nur nach Croydon ziehen«, entspannte sich ihr Gesicht zu einer Weichheit, die ich noch nie bei ihr gesehen hatte, sie bot ihm Tee und Kuchen an und plauderte derart nonchalant flirtend mit ihm, daß ich nur seufzen und mir hinter die Ohren schreiben konnte, möglichst bald erwachsen und mehr wie sie zu werden als wie meine eigene, stets wohlerzogene Mutter. (Obgleich mir durchaus einfiel, daß diese Herman-Gestalt möglicherweise, wer weiß, auf alle Frauen mittleren Alters dieselbe Wirkung hatte!)

Nach dem Tee gingen Karel Herman und ich lange spazieren, bevor er seinen Zug zurück nach London nahm. Er erklärte mir lang und breit, warum er Mrs. H. für eine sehr attraktive Frau hielt. Es war nicht ihr Gesicht, das sei, wie er sagte, »okay, aber nichts Besonderes«. Auch nicht ihre Figur, die nannte er »exzellent, aber eigentlich nicht aufregend«. Nein, jetzt wurde er inbrünstig, es war diese interessante Stelle hinter ihren Knien, die er in aller Ruhe hatte betrachten können, während sie sich vor ihm vorbeugte, um Tee nachzuschenken. Sie hatte Shorts an, und ein mittelmäßigerer Mann hätte sich vielleicht mehr an der gewagten Nähe ihres *derrière* ergötzt – was sie zweifellos auch beabsichtigt hatte. Doch Karel Herman war ein Frauenkenner, ihm konnte man nichts vormachen. Mrs. H's Kniekehlen erzählten von warmen, einladenden Höhlungen, von weicher Haut und allgemeiner Beweglichkeit. Kurz, es handelte sich um einen blitzschnellen Einblick in ihre Vagina – da hielt er inne, sah mir direkt in die Augen und fragte: »Du hast doch ein voll entwickeltes Geschlechtsleben, oder?« Hatte ich natürlich nicht, ich beschloß aber, etwas in dieser Richtung zu unternehmen.

Als ich in das Haus zurückkehrte, war Mrs. H. bester Stimmung, voll des Lobes für meinen »charmanten Gast aus Europa«. Es gab einen seltenen Moment echter Freundlichkeit zwischen uns, was es mir nur schwerer machte, ihr mitzuteilen, daß ich früher abreisen würde als geplant. Genauer gesagt, morgen. Ich glaube, sie war trotzdem deutlich erleichtert. Wie auch jetzt, als die Drehübung beendet war und wir jeweils auf unsere eigene Matte zurückkehren konnten. Ich wußte, früher oder später würden wir unsere Identität enthüllen, aber ich hatte es nicht eilig damit.

Kein leichter Entschluß, unter anderem auch deshalb, weil die Leute bei solchen Yoga-Seminaren dazu neigen, all ihre künstlichen Häute abzulegen, schon während sie sich in ihren gemeinsamen Schlafräumen einrichten. Meine Zimmergenossin stand, Zahnbürste in der Hand, an dem viktorianischen Waschbecken, als ich hereinkam und meine beiden schweren Koffer auf dem polierten Holzfußboden abstellte. Das Bett, das ich mir ausgesucht hätte – am äußersten Ende des geräumigen Zimmers, neben der mit einem Wandteppich geschmückten Wand –, war schon nicht mehr frei. Ich mußte mich mit dem Bett an der Tür zufriedengeben.

Julia war eine langbeinige, gertenschlanke Person mit einer leuchtendroten Mähne und der sprichwörtlichen Alabasterhaut. Sie sah aus wie ein ätherisches viktorianisches Gespenst, das sich in diesem abgelegenen Herrenhaus vollkommen zu Hause fühlte, und wie sich herausstellte, machte sie sich jeden Abend gegen elf auf, um das Haus »heimzusuchen«. Julias nächtliche Gewohnheit, nackt schwimmen zu gehen, wurde bald bei unserem gemeinsamen Frühstück und bei anderen Gelegenheiten zu Klatsch und Tratsch erörtert. Einige der stärker hormongesteuerten Männer – vor allem Sam, der athletische Besitzer der knappen roten Shorts – bekamen gewisse Probleme mit meiner Zimmergenossin. Er konnte es nicht lassen, Pool, Whirlpool oder Sauna aufzusuchen, wenn er wußte, daß sie da war, und natürlich konnte er auch nicht *nicht* nackt schwimmen, um neben ihr nicht prüde zu wirken. Aber wie, flüsterte er mir eines Morgens über den organischen Porridge und Blümchenkaffee hinweg theatralisch zu, wie sollte man den weiten Raum des Wassers mit ihr teilen, ohne eine sehr unerzogene, unyogistische Erektion zu kriegen? »Versuch immer auf ihr Gesicht zu schauen«, schlug ich vor. »Oder unterhalte dich mit ihr über Genetik – das ist ihr Fachgebiet.«

Sam gelang es nicht, sich aus seinem Dilemma zu befreien, und er watete weiterhin in Selbstmitleid und selbstauferlegter Marter, bis die Woche um war. Als Julias Zimmergenossin fand ich schnell heraus, daß er bei ihr nicht die geringste Chance hatte, weil es nämlich ein hübsches kleines Geheimnis hinter all dem Schwimmen und Zähneputzen gab. Einer der weniger auffälligen Männer in unserem Kurs, ein stiller Computertechniker aus Manchester, war ihr Liebhaber. Sowohl er als auch Julia waren verheiratet und hatten Kinder (sie lebte in London), und sie trafen sich nur einmal im Jahr bei diesem Yoga-Workshop. Eine kaum merkliche Sünde, fanden sie, auf die sie aber auch nicht verzichten konnten. Sie verschwanden gemeinsam mehrmals am Tag, kein Mensch wußte wohin, und immer wenn sie zurückkamen, verbrachte Julia lange Zeit mit Zähneputzen.

Ihr Freund konnte nicht schwimmen, aber manchmal saß er im Whirlpool oder in der Sauna und schaute zu, wie Sam sie verfolgte und bewunderte. Sie inszenierte diese Situationen, um ihn wild zu machen, und es funktionierte. Ich kann mir nicht vorstellen, wie der Rest ihres Jahres verlief, wenn sie jeweils wieder zu Hause bei ihren Familien waren. Wahrscheinlich vollkommen normal.

Jeder der Teilnehmer dieser Woche hatte eine Geschichte zu erzählen, und daß wir alle so viel Spaß miteinander hatten, lag zum großen Teil auch daran. Meine übliche Strategie, mich als langweilige französische Hausfrau aus London zu camouflieren, klappte diesmal nicht, denn die Gesprächsebene war ungewöhnlich anspruchsvoll und offen. Nach einem besonders unvergeßlichen Abendessen und diversen Flaschen Bio-Wein fläzten wir uns alle im weichen Gras hinter dem Wintergarten und schauten in den aufreizend langsamen Sonnenuntergang. Ich wurde aufgefordert, meine eigene Geschichte zu erzählen.

Ich sei aus Paris, sagte ich, aber schon vor vielen Jahren nach England gezogen, wegen eines Mannes. Er war ein schwerreicher englischer Jude, ein Verleger. Kennengelernt hatten wir uns auf der Frankfurter Buchmesse, wo ich einem sozialistischen Verlag aus Frankreich am Stand aushalf. Mein Sozialismus hinderte mich nicht daran, die aggressiven Avancen Hilary Dorfmans ziemlich aufregend zu finden. Ich war erst zwanzig, er dagegen wesentlich älter, etwa vierzig, glaubte ich (in Wirklichkeit war er fünfzig). Sein Verlag (teuer produzierte Bücher über Seefahrts- und Militärgeschichte) war keine besonders ernsthafte Angelegenheit, eher ein Hobby für einen energischen Geschäftsmann, der zu viel Geld und Zeit hatte.

Er war ein sehr großer Mann, sehr laut und fröhlich, und ich mochte ihn. Nach eiligen Flitterwochen in Griechenland war ich gerade in seine riesige Wohnung auf drei Ebenen in Kensington eingezogen, als mein nagelneuer Ehemann von seinem Alter und seiner medizinischen Vorgeschichte eingeholt wurde und nach einem Herzanfall im Badezimmer tot umfiel.

Da stand ich nun, eine schwerreiche junge Witwe in London, nannte mich Mrs. Hilary Dorfman statt Nicole Lazare – und war immer noch Sozialistin. Nunmehr war ich auch stolze Besitzerin eines albernen Verlages und mit einigen der »besten« jüdischen Familien der Stadt »verschwägert«. Sie wollten mich alle unbedingt kennenlernen, und meinem toten Mann zuliebe ertrug ich es. Doch nachdem dieser Quatsch ein paar Jahre gedauert hatte, verkaufte ich den Verlag, leistete mir absichtlich ein paar gesellschaftliche Fauxpas, um meinen Ruf zu ruinieren und die Flut der grauenhaft langweiligen Einladungen zu stoppen, zog nach West Hampstead und wurde eine reiche Rebellin, indem ich jeder erdenklichen Friedensgruppe beitrat, inklusive finanzieller Unterstützung.

Ich mußte meinen Yoga-Freunden erklären, daß ich mit »Frieden« den Frieden im Nahen Osten meinte. Ich bewegte mich unter jüdischen und arabischen Gruppen hin und her, reiste nach Israel und Ägypten, Jordanien und Marokko, traf mich mit allen möglichen Würdenträgern (darunter auch ein paar Königen), plauderte sie voll und hoffte, sie würden diese nette jüdische Dame mit Klasse und einem sexy französischen Akzent so sehr mögen, daß ihnen ein Licht aufginge und sie aufhörten, sich gegenseitig umzubringen. Manche Menschen sind verhinderte Schriftsteller – ich bin eine verhinderte Diplomatin.

Ich hatte außerdem höchst interessante Affären mit Männern, die ebenso fröhlich und von ebenso bedenklich ungesundem Lebenswandel waren wie mein verstorbener Ehemann. Jeder Durchschnittsseelenklempner hätte mir sagen können, daß ich meine Kräfte als Mörderin erprobte, um mit Hilfe wissenschaftlicher Beweise festzustellen, ob ich meinen Mann umgebracht hatte oder nicht. Wenn ich es ein weiteres Mal so weit brächte, hätte das die Hypothese bestätigt.

Nun, dazu kam es nicht, weil ich mich rechtzeitig bremste und der Enthaltsamkeit verschrieb.

»Sehr yogamäßig«, flüsterte Julias sanfter Liebhaber.

»Kein Stück«, sagte ich. »Bloß total verkorkst.«

Wir alle lachten. Endlich war die Sonne untergegangen, und die meisten gingen ins Haus.

Eine Frau blieb zurück und starrte mich ungläubig an. Ich wußte, wer sie war, und jetzt wußte sie auch, wer ich war. Sie lächelte und sah unglaublich jung für ihr Alter aus. Dich sollte Karel Herman mal sehen, dachte ich. Dann wurde mir klar, daß er wahrscheinlich tot war oder uralt.

»Sie sind also nach England zurückgekehrt, Nicole. Warum haben Sie uns denn nicht angerufen?«

»Ich dachte ... ich dachte, darauf würden Sie keinen gesteigerten Wert legen. Sie haben mich doch gehaßt, oder nicht? Wir haben uns gegenseitig gehaßt. Ich fand, Sie waren ein Monster. Aber jetzt wirken Sie ganz okay, und vielleicht war ich auch bloß ein alberner Teenager.«

Ich hoffte, das würde den Schlag etwas abmildern, aber Lucy Howard überraschte mich aufs neue.

»Ich war wirklich ein Monster, Nicole. Tut mir leid. Ich glaube, ich war vorübergehend krank im Kopf. Eine winzige Entschuldigung habe ich allerdings – Charles war gerade dabei, mich zu verlassen. Eine französische Frau, die er in Saudi-Arabien kennengelernt hatte, war schwanger geworden, und das war sein letzter Sommer zu Hause. Sie sehen –«

Wir redeten stundenlang. Ich hatte plötzlich das großartige, rührselige Gefühl, daß das Leben aus nichts als Kitsch bestand, tonnenweise, und Gott sei Dank dafür.

» ... was mich davor bewahrt hat, richtig auszuklinken, war die Begegnung mit Ihrem Freund, dem tschechischen Schriftsteller.«

»Herman?« fragte ich ungläubig.

»Ja, Karel. Später im selben Jahr tauchte er plötzlich an meiner Tür auf, im Winter. Charles hatte sich schon von mir scheiden lassen. Na ja. Karel war vielleicht ein Mann ... Er hat mir einiges über mich selbst gezeigt.«

»Ich wette, es hatte was mit Ihren Kniekehlen zu tun«, lachte ich.

»Was?« Sie schien keine Ahnung zu haben, was ich meinte. Konnte es sein, daß er diese tiefe Einsicht über ihre Sexualität für sich behalten hatte?

Am nächsten Morgen beschloß Nina Baldwin, uns mit einigen schwierigen Umkehr-*asanas* bekanntzumachen. Wir mußten Handstand an der Wand machen, uns gegenseitig helfen, unsere Füße hochzukriegen und ein paar rotgesichtige Minuten so zu bleiben. Lucy und ich waren wieder Partner. Sie konnte es viel besser und hatte einen guten, kräftigen Griff. Während sie meine Beine hielt und ich versuchte, nicht aus dem Gleichgewicht zu geraten, wie ich da auf den Händen stand und meine Haare den Fußboden berührten, sagte sie: »Ich habe mich immer gefragt, warum Sie damals geleugnet haben, Jüdin zu sein, als ich Sie fragte. Ich bin es nämlich, wissen Sie, und ich wußte auch, daß Sie es waren – wir hatten die Agentur extra um ein jüdisches Au-pair-Mädchen gebeten, wenn möglich. Deshalb war ich auch so wütend auf Sie und tat so, als wäre es mir egal, als Sie die Treppe runtergefallen sind. Ich wußte sowieso gleich, daß Sie sich nichts getan hatten.«

»Und ... der Bacon?« krächzte ich, als ich in die aufrechte Stellung zurückkehrte.

»Ach ... Charles ist kein Jude, und mir waren diese Dinge egal. Sind sie immer noch.«

Am Ende jeder Yoga-Stunde macht man die sogenannte Leichen-Übung. Mit geschlossenen Augen atmet man einfach, sinkt in den Boden hinein und läßt seinen Körper und Geist immer schwerer und leerer werden. Diesen Zustand völliger Entspannung kriegte ich nie hin, immer gab es irgendeinen unangenehmen, bohrenden Gedanken oder ein Gefühl im Hinterstübchen meines Kopfes oder irgendwo in der Nähe meines Herzens. Aus irgendeinem Grund gelang es mir an jenem Tag, ganz loszulassen, und ich fühlte mich leicht und, ja, glücklich.

An diesem Abend ging Sam nicht schwimmen. Statt dessen erörterten wir eingehend meine Enthaltsamkeit.

Pfauen

Das Merkwürdigste an diesem Haus ist der Boiler, er steht auf dem Dachboden. Immer wenn die Heizung ausfällt, was ziemlich oft vorkommt, muß Vera die alte Aluleiter hochklettern, sich durch die enge, viereckige Öffnung in den Dielenbrettern zwängen und das Gasflämmchen wieder anzünden. Die Leiter wackelt ziemlich, und Veras Hand nicht minder, wenn sie mit dem Daumen auf diesen Knopf drückt und abwartet, daß die Flamme sich stolz emporreckt wie ein Pfauenschwanz.

Einen echten Pfau hat sie zum letzten Mal im Moskauer Zoo gesehen. So lange ist das gar nicht her, aber sie kann es kaum glauben, daß das wirklich sie war, die auf der Bank vor dem rostigen Gitter saß, an einer lauwarmen Limonade nippte und die Briefe durchlas, die sie am selben Morgen von der Agentur bekommen hatte. Es waren ungefähr fünf, aus England, Frankreich und Deutschland. Von Männern, die eine russische Frau heiraten wollten, unbesehen. Nun ja, beinahe, ein Farbfoto von ihr hatten sie alle bekommen, aber sie konnten nicht wissen, wie sie wirklich aussah, konnten den großen, häßlichen Leberfleck nicht sehen, der wie ein violetter Tintenklecks auf ihrer rechten Hüfte saß, konnten den weichen, rötlichen Flaum auf ihren Armen nicht spüren, die süßsauren Schweißtropfen auf ihrer Oberlippe nicht schmecken.

Alle fünf boten ihr ein mehr oder weniger angenehmes Gesicht und einen mehr oder weniger angenehmen Ort zum Leben. Die Agentur kassierte eine gesalzene Gebühr dafür, Männer und Frauen zusammenzubringen, die es aus irgendeinem Grund aufgegeben hatten, in ihrer näheren Umgebung nach einem Partner zu suchen. Eine Freundin hatte Vera erzählt, Westmänner hätten Angst vor Westfrauen und stellten sich vor, russische Frauen wären fügsamer. Diese wären mit ihrem neuen Leben glücklich und zufrieden und würden sich nicht beklagen, solange eine saubere Küche dazugehörte und ein Ehemann, der nicht allzuviel trank und nicht gewalttätig wurde. Offenbar glaubten Westmänner, wenn sie eine russische Frau heirateten, wäre das wie die Rettung von einem sinkenden Schiff.

In gewisser Weise sah Vera das genauso. Sie hatte verzweifelt versucht, aus Moskau wegzukommen, aber nicht, weil sie sich in einer schwierigen Lage befand, vor der sie nur noch fortlaufen wollte. Und einsam war sie auch nicht. Sie hatte einen anständigen Arbeitsplatz, den sie beinahe liebte, sie unterrichtete Englisch an einer Schule für begabte Kinder. Sie kannte Männer, die sie begehrten, und wenn sie Lust dazu hatte, vergnügte sie sich mit ihnen. Am Ende hätte sie auch durchaus einen von ihnen heiraten können, doch eines Tages schaute sie bei ihren Eltern herein, die auf ihrem alten, klapprigen Sofa vorm Fernseher saßen und sich wie ein junges Liebespaar bei ihren knochigen Händen hielten, reglos, mit glasigen Augen. Ärgerlich dachte sie, daß sie nur noch einem von ihnen einen kleinen Schubs geben müßte, und sie würden beide umkippen, als wären sie schon längst tot. Bis dahin würde es nicht mehr lange dauern, das wußte sie, und sie würde es nicht ertragen können. Am selben Abend suchte sie die Adresse von Love Bonds Unlimited heraus, einer Kontaktagentur, die darauf spezialisiert war, »junge, verantwortungsvolle Berufstätige aus Ost und West zusammenzubringen«. Sie brauchte nur einen Brief zu schreiben und ein annehmbares Foto von sich beizulegen. Sie schickten ihr ein paar Formulare, die sie ausfüllen und unterschreiben sollte, und kümmerten sich um den Rest. Einige Zeit später bekam sie die Briefe, mit der Aufforderung, einen der Männer auszuwählen, falls es ihr möglich sei.

Sie nahm Charles, nicht weil er besser als die anderen aussah oder »klang«, sondern weil er in London lebte. Seine Briefe waren zurückhaltend, sagten nicht allzuviel aus, sein fotografiertes Lächeln wirkte entspannt und wenig aufregend. Aber seine Adresse war sexy – Kensington Gate. Das erste Wort erinnerte sie an Dianas Beerdigung, den Palast, all die Blumen. Vera hatte diese große Trauer sehr beeindruckt – in ihrem eigenen Land konnte sie sich niemanden vorstellen, der solche Tränenfluten auslöste. Und das zweite Wort – Gate – war ein eigenartiges Rätsel: Wie konnte eine Straße »Gate« heißen? Das bedeutete doch »Tor«, ließ auf Großartigkeit, Weiträumigkeit schließen, vielleicht auf einen Palast oder zumindest ein viktorianisches Herrenhaus. Lords und Ladies, Empfänge und Parties, Butler und Dienstboten in Uniform. Vera beschloß, freundlich zu ihren Dienstboten zu sein, und beantwortete Charles' Brief in ihrer besten Handschrift.

Nach mehreren Briefen dieser Art verabredeten sie das »vorbereitende Treffen«, das die Agentur empfahl – um es miteinander zu versuchen. Vera landete an einem warmen, sonnigen Oktobertag in Heathrow. Charles hielt ein leuchtendgelbes Schild hoch, auf dem ihr Name in kyrillischer Schrift stand. Sie entdeckte ihn zuerst. Er war kleiner, als sie gedacht hatte, und fülliger auch. Im Grunde war er wirklich ein bißchen dick, aber das würde Vera schon in Angriff nehmen. Er sah jünger als sechsunddreißig aus, trotz seiner ungenierten Kahlköpfigkeit und seines ernsthaften, bebrillten Gesichts. Aber Vera hatte nichts gegen ihn einzuwenden und ging mit einem offenen Lächeln auf ihn zu, als wären sie alte Freunde.

Für Charles war Vera die Erfüllung seiner versauten Träume. Er hatte sie gebeten, auf der Reise Stiefel und einen Minirock anzuziehen, weil er sie sofort erkennen und sich, falls sie etwa abstoßend aussah, davonmachen wollte. Doch dazu kam es nicht; sie war schlank, zierlich, alles saß an der richtigen Stelle. Sie trug ihr schweres blondes Haar offen, bis auf die Schultern, um ihn möglichst schnell möglichst stark zu beeindrucken – und es funktionierte. Auch wenn ihre Kleidung nicht ganz auf dem neuesten Stand war, fand Charles Gefallen an ihr. Und als er den komischen russischen Akzent in ihrem ansonsten hervorragenden Englisch hörte, blieb ihm vor Aufregung fast die Spucke weg.

Wie scheu diese ersten Augenblicke waren, Vera weiß es noch, und dann die gelben Rosen, die er zum Flughafen mitgebracht hatte. Die mußte sie ablehnen – wußte er denn nicht, daß gelbe Rosen Kummer und Trennung bedeuteten? »Das ist bloß euer verdammter russischer Aberglaube«, schnaubte er, drehte sich aber gehorsam um und überreichte den üppigen Strauß kurzerhand einer verblüfften alten Dame. Vera mußte lachen, und Charles entging das kehlige Timbre keineswegs. Alles fügte sich bestens.

Während sie heimwärts fuhren, betrachtete Vera die grauen Vorstädte und fragte sich, ob das wirklich London war. In der Stadt musterte sie die größeren Gebäude genau und wartete geduldig ab, bis Kensington Gate auftauchte. Schließlich war es soweit, und ihre Freude beim Anblick der würdevollen Eleganz des Hauses, das Charles als »unseres« bezeichnete, kannte keine Grenzen. Am liebsten hätte sie vor Wonne geschrien, doch statt dessen drückte sie nur seine Hand.

Dann dämmerte ihr langsam, daß sie das große Haus durch eine kleine Seitentür betraten und daß Charles keinen Schlüssel hatte. Sie wurden von einer üppigen, dunklen Frau hereingelassen, die Vera herzlich anlächelte, Charles aber nicht. Auf der engen Treppe, unterwegs bis nach ganz oben, keuchte Vera: »Das ist *dein* Haus?«, mit unabsichtlicher Betonung des Wortes »dein«. Charles schloß eine Tür am Ende der Treppe auf, und sie standen in einer kleinen Mansarde, mit Waschbecken in der Ecke und Dusche hinter einem Plastikvorhang. Es gab ein Bett, einen Schreibtisch, zwei Stühle. Einen Kleiderschrank. Einen kleinen Kühlschrank. Einen Kessel. Das war alles. Alles war sauber und ordentlich, aber man konnte sich kaum umdrehen. Und heiß war es auch.

Natürlich weinte Vera, als Charles ihr erzählte, daß er in diesem schönen Kensingtoner Herrenhaus nur Butler war. Natürlich verzieh sie ihm, als er gestand, er habe ihr das in seinen Briefen verschwiegen, weil er befürchtete, sie würde ihn nicht ernst nehmen. Sie wolle trotzdem bleiben, sagte sie. Sie würden es schon hinkriegen. Jetzt, da sie schon so weit gekommen war, konnte sie sich nicht vorstellen, jemals nach Moskau zurückzukehren, obwohl sie in diesem Augenblick genau das am liebsten getan hätte. In jener ersten Nacht überließ ihr Charles das Bett und schlief auf einem Futon am Boden.

Charles war zu unverschämt, um ein erfolgreicher Butler zu sein. Sein Arbeitgeber war ein berühmter Heavy-Metal-Rockstar namens Wild Bobby Blunder; der Palast war eines seiner zahlreichen Häuser. Wild Bobby war mit Carol verheiratet, einer annehmbar hübschen, magersüchtigen Frau, die ihm seine überschwenglichen Songtexte schrieb und ihm den Haushalt schmiß, und zwar in allen Häusern, wie eine erfahrene viktorianische Adelige. Genau das war sie auch, ganz gleich, ob nun hundert Jahre früher oder später.

Die Blunders hatten Dienstboten, Hausmädchen, Köche, Kindermädchen, Sekretäre. Carol hatte detaillierte Akten über ihr gesamtes Personal, inklusive geheimer Informationen über ihre intimen Gewohnheiten und Neigungen, einfach alles, was sie herausfinden konnte. Sie herrschte über ein kleines Reich voller netter Untertanen, die sich um des höheren Ruhms willen, den wandelbaren Leadsänger der Red Trouts und seine kleine Familie zu bedienen, versklaven ließen. Carol war launisch, kapriziös, ja grausam, aber niemals unhöflich. Ihre »Bitte« und »Danke schön« waren kleine Eiszapfen, die in der Luft hingen wie gefrorener Regen.

Charles wußte nicht mehr, warum er ausgerechnet Butler geworden war. Vera versuchte, ihm eine Erklärung zu entlocken, aber vergebens. Hätte er nicht etwas studieren, ein Gewerbe erlernen, sich irgend etwas anderes aneignen können statt dieser seltsamen Fähigkeit, reiche Leute zu bedienen? Fühlte er sich nicht gedemütigt, entmenschlicht? Charles lächelte und erinnerte Vera daran, daß sie sich, wenn er der Besitzer, nicht der Butler dieses geräumigen Domizils gewesen wäre, wohl kaum über ihr Los beklagt hätte. Vera nahm diese sanfte Kritik ohne allzuviel Gegenwehr hin. Ähnlich empfänglich zeigte sie sich für Charles' erste, äußerst tastende Umarmung. Kurz nach ihrer Ankunft in London waren sie verheiratet, wie geplant. Es war eine standesamtliche Hochzeit. Charles' Eltern waren tot, seine beiden Brüder lebten in Australien. Deshalb kamen nachher nur ein paar Freunde zu der kleinen Feier in einem Pub. Die Blunders überreichten ihnen zwei Rückfahrkarten nach Calais als Hochzeitsgeschenk.

Charles war Carol schon ein größerer Dorn im Auge gewesen, lange bevor Vera auf der Bildfläche erschien. Er war seit fast einem Jahrzehnt Bobbys Butler. Was Carol wußte, aber lieber ignorierte, war die Tatsache, daß Bobby und Charles exakt gleichaltrig und einst Klassenkameraden und Freunde an einem edlen Internat gewesen waren. Schon damals hatte Charles immer Bobbys Hemden zusammengelegt und ihm den Koffer vor jedem Ferienbesuch daheim gepackt. Sie waren stets in Verbindung geblieben, und als Bobby reich und berühmt wurde, bot er seinem alten Kumpel den Butlerjob an. Charles war darüber glücklich gewesen, dankbar nicht.

Sein Benehmen gegenüber Bobbys Frau war alles andere als respektvoll. Er verkniff sich die Mitteilung »Ihr Atem dürfte mal wieder aufgefrischt werden« ebensowenig wie die Einschätzung, daß ihre neue Designerfrisur sie aussehen ließ »wie einen Vampir auf Steroiden«. Einmal, als sie sich gerade zu einem Wohlfahrts-Galadiner aufmachen wollte, aufgedonnert bis zum Anschlag in einem engen, goldgrünen Fummel und dazu passenden Stökkeln, bemerkte Charles trocken, daß sich ihre Brustwarzen entscheidende Zentimeter unterhalb der beabsichtigten Höhe abzeichneten, und bot an, ihr schnell einen jener magischen, unsichtbaren BHs zu besorgen.

Doch Wild Bobby Blunder brauchte Charles. In der unsteten Welt des ruhmgetriebenen, drogenverseuchten Irrsinns war Charles für Bobby eine Oase ruhiger und praktischer Klugheit. Er konnte mit Kleidung ebenso umgehen wie mit dem Telefon, mit Essen und Trinken und sogar mit Drogen, so daß sich Bobby geordnet und normal fühlte, ein Teil der realen Welt. Bobby war begeistert von Charles' sardonischen Bemerkungen, vor allem, wenn sie an Carols Adresse gingen. Hätte er Carol feuern und Charles behalten können, wäre es wahrscheinlich so gekommen, und *das* wäre vielleicht ein Trip geworden …

Wie es sich fügte, kam Carol schneller ans Ziel, und zwar durch Vera. Carol bestach einen Privatdetektiv, die »wahre« Geschichte von Love Bonds Unlimited herauszufinden, der dann auch prompt eine heimliche, internationale Connection zwischen der Kontaktagentur und der russischen Mafia »aufdeckte«. Das genügte, um Bobby davon zu überzeugen, daß Charles gehen mußte; schließlich konnten sie sich und ihre Kinder unmöglich durch Charles in Gefahr bringen, und der Butler wurde mit drei Wochen Kündigungsfrist entlassen.

Charles und Vera nutzten die Zeit, um ein kleines Haus in einer ruhigen Vorstadt namens Cockfosters zu mieten, im Grünen am nördlichen Ende der Piccadilly Line. Charles' Ersparnisse reichten gerade mal fürs Grundmobiliar und eine Ikea-Küche, die Vera für ihre Eltern in Moskau fotografieren konnte, um den materiellen Erfolg ihrer guten Partie zu beweisen. Dann kam die große Frage: Was nun?

Charles' Bemühungen, Arbeit als Butler zu finden, waren ein voller Reinfall. Carols lauwarmer Empfehlungsbrief sorgte dafür, daß er nicht allzuoft zu Vorstellungsgesprächen gebeten wurde; kam es doch einmal dazu, zerstörten sein hochnäsiges Gehabe und seine lakonischen Antworten auf die Fragen seiner potentiellen Arbeitgeber schnell jede Chance, woanders Butler zu werden. Was hätte er sonst tun sollen? Er versuchte, sich als Koch zu bewerben, stieß aber auf ähnliche Hindernisse. Nach zwei Monaten, in denen sie vom Rest seiner Ersparnisse lebten, gab Charles die erfolglose Jobsuche auf und kassierte fortan Arbeitslosenhilfe.

Vera war ratlos. Englisch konnte sie mit ihrem russischen Akzent in London nicht unterrichten. Russisch, das war denkbar, aber die Vorstellung, Erwachsene zu unterrichten, schüchterte sie ein. Sie war zu unruhig, um bloße Hausfrau zu sein, außerdem konnten sie sich das gar nicht leisten. Auf eine Schwangerschaft machte sie sich wenig Hoffnungen nach ihren sieben Abtreibungen – der ver-

69

breiteten Form sowjetischer Geburtenkontrolle. Es hatte
Komplikationen gegeben, und die Ärzte hatten gemeint,
Wunder solle sie keine erwarten. Charles wußte das, und
es schien ihm nichts auszumachen. In seinem phlegmatischen Zustand schien ihm gar nichts etwas auszumachen.

Er hätte jeden Tag etwas tun können, um ihr Haus
wohnlicher zu machen. Er hätte die Zimmer streichen,
einige zerbrochene Kacheln im Bad ersetzen oder die
Haustür reparieren können, damit sie nicht mehr mit
einem lauten Knall zufiel. Er hätte sogar jemanden holen
können, wie Vera einmal vorschlug, um den launischen
Boiler vom Dachboden in die Küche zu holen, damit
Vera nicht ständig hochklettern mußte.

Aber Charles war in seinem eigenen Heim zum desin-
teressierten Beobachter geworden. Er achtete nur auf
zwei Dinge: seine und Veras Kleidung, die er pedantisch
sauber, gebügelt und ordentlich gefaltet aufbewahrte,
sowie ihr Essen. Er bereitete kleine, bunte Festmahle zu,
mehrfach täglich, und wurde immer dicker und dicker.
Und Vera, weit davon entfernt, die Eßgewohnheiten ihres
pummeligen Gatten unter Kontrolle zu bekommen,
wurde derweil selber mollig. Ihre neuen englischen Kleider paßten ihr schon nicht mehr.

In ihrem ersten Londoner Winter verbrachten sie
lange, zähe Tage im Haus, essend, fernsehend, trinkend,
Joints rauchend. Ihr Liebesleben war grenzenlos langwei-
lig – selbst Vera wußte das. Charles hatte auf so gut wie gar
nichts Lust, außer auf gutes Essen. Silvester kam ein
Anruf von Bobby, »mit besten Wünschen zum Neuen Jahr
für dich und deine reizende russische Frau«. Das brachte

etwas Farbe in Charles' füllige Bäckchen, aber nur einen Moment lang. Es war ein kurzer Anruf.

Eines Tages merkte Vera, daß sie ein Hobby entwickelt hatte. Sie brachte jeden Tag Stunden damit zu, das Londoner Straßenverzeichnis zu studieren. Sie fing mit einer kleinen Ausgabe in Ringbuchform an, und als die auseinanderfiel, ging sie zu einer schweren, großformatigen, gebundenen über. Sie las und betrachtete die Namen aller Straßen, Avenues, Roads, Crescents und Parks und lernte sie auswendig. Ab und zu bat sie Charles darum, ihr bei der korrekten Aussprache eines Namens zu helfen, aber nicht allzu oft. Sie hatte ein Gefühl für die Stadt entwickelt, auch wenn es nur auf dem Papier war.

Dem folgte bald der Ernstfall. Sie kaufte sich eine Monatskarte und erforschte penibel jeden Winkel Londons, jeden Tag. Bald kannte sie jede Station jeder U-Bahn-Linie, die meisten Busrouten, alle möglichen Viertel der Stadt. Jetzt war sie keine Touristin mehr, aus ihr war eine leidenschaftliche Londonerin geworden, und bis zum Frühling kannte sie die Stadt auswendig. Merkwürdigerweise war sie, auch wenn sich eine Straße mit einem, wie sie fand, romantischen englischen Namen als schmieriger Slum entpuppte, nicht enttäuscht. Sie unterhielt sich überall mit den Leuten, Männern, Frauen, Kindern. Ein paar Männer dachten, sie ginge auf den Strich, aber als sie aufhörte, sich aufreizend anzuziehen, und lernte, in ihren verwaschenen Jeans zu leben, wurde sie nicht mehr angemacht.

Einige Viertel gefielen ihr besser als andere. Am meisten mochte sie Camden, weil es überhaupt nichts mit dem königlichen London ihrer Vorstellung zu tun hatte und weil sie sich dort unsichtbar fühlte. Ein weißer Zettel in einem Fenster auf der Camden High Street fiel ihr auf: »Taxifahrerin gesucht. Auch ohne Berufserfahrung.« Sie bewarb sich, stand aber sofort einem Problem gegenüber: Sie besaß kein Auto, was zu den Einstellungsbedingungen gehörte. Charles hatte seinen alten Ford Escort verkaufen müssen, um die Miete zu bezahlen.

An dem Abend machte Vera Charles die Hölle heiß. Bislang hatte sie nichts von ihm erwartet, aber jetzt hatte sie das Recht, wie sie fand, auch von ihm etwas Einsatz zu verlangen, damit das Ganze klappte. Konnte er nicht ein Auto kaufen? Nein, das konnte er nicht. Und einen Kredit aufnehmen? Er hatte kein regelmäßiges Einkommen und konnte ihn nicht zurückzahlen. Aber sie würde doch mit dem Taxifahren Geld verdienen! Darauf konnte man sich nicht verlassen.

»Du unnützer englischer Sack«, sagte Vera. Dann ergriff sie ein großes Tablett, auf dem Charles gerade seine neueste Menü-Kreation wunderhübsch arrangiert hatte – grünes Fischcurry thailändisch, umkränzt von zarten Limettenblättern und Reis –, und knallte es mit aller Wucht in die Spüle. Das grüne Zeug hing überall auf der klebrigen Arbeitsplatte, auf Charles' glänzender Stirn, auf dem schmierigen Küchenboden.

Sie dachte, gleich schlägt er mich, als er einen kleinen Schritt auf sie zuging, aber Charles hatte in seinem ganzen Leben noch niemanden geschlagen. Nicht einmal Bobby, als der in der Schule sein eifriges, aber untalentiertes Trompetenspiel verhöhnt hatte. »Heb dir deinen stinkigen Atem dafür auf, was anderes zu blasen«, hatte er ihn damals im Beisein der tonangebenden Bande angepöbelt, und die Jungs ließen Charles die Anregung gleich in die Tat umsetzen. Wild Bobby Blunder merkte sich das und wurde zu einem regelmäßigen Besucher in Charles' muffiger Mansarde – bis Vera dort erschien.

Jetzt griff Charles nach dem Telefon hinter Veras Blondschopf und wählte die Londoner Nummer der Blunders. Seine Stimme war ein bißchen weniger beherrscht als sonst, als er sich mit Bobby verbinden ließ und hinzufügte, es sei dringend. Vera hörte den Sänger aufkreischen, als ihn Charles um einen Wagen anging. Nach einer Menge Ach und Weh am anderen Ende – so wie es sich anhörte – legte Charles befriedigt auf.

Am nächsten Morgen fuhr Bobbys Chauffeur mit einem fünf Jahre alten schwarzen Vauxhall Cavalier vor, der früher einem der Blunderschen Dienstboten gehört hatte. Charles und Vera durften ihn behalten. Geschenkt.

Und Vera wurde eine Londoner Taxifahrerin. Sie war gefragt – die meisten Kundinnen der Firma verlangten ausdrücklich nach ihr, über die Nummer ihres Taxis, null sieben, und viele männliche Kunden auch. Sie konnte ihre nahezu perfekte Kenntnis der Londoner Geographie bestens einsetzen, und es machte ihr Spaß. Obwohl es schon gefährlich war, wie sie nachts kreuz und quer allein durch verlassene Straßen kreuzte, überallhin, um unbekannte Passagiere aufzunehmen.

Da sie keins der klassischen schwarzen Taxis fuhr, gab es keine Trennscheibe zwischen ihr und dem Rücksitz. Alles mögliche konnte da ablaufen, alles mögliche konnte passieren. Vera lernte, gut auf ihre Sicherheit zu achten, indem sie einen Instinkt für Ärger entwickelte und auch schon mal ohne ihr Geld wegfuhr, wenn der Fahrgast verdächtig oder abstoßend aussah. Immer funktionierte das allerdings nicht.

Einmal hatte sie einen Vergewaltiger auf Freigang im Wagen. Sie wußte, daß er ein Vergewaltiger war, weil er es ihr gesagt hatte, während er mit der Hand unter den Sicherheitsgurt grapschte, nach ihrer Brust. Es war zwei Uhr nachmittags am hellicht-grauen Londoner Tag. Irgendwo in Kentish Town. Vera trat auf die Bremse, brachte eine lange Schlange ungeduldig hupender Autos zum Stehen, drehte sich um und schlug dem Mann in seine häßliche Visage. Dabei war er überhaupt nicht häßlich. Seine feingeschnittenen englischen Gesichtszüge blieben ihr ebenso im Gedächtnis wie sein teures Aftershave. Der Duft hing noch lange im Auto, nachdem der Mann das Weite gesucht hatte.

Zu Veras Überraschung machte sich Charles offenbar nicht allzu viele Sorgen um sie. »Paß nur auf dich auf, dann wird schon nichts passieren«, hatte er gesagt, als sie gleich nach dieser Begegnung zittrig nach Hause gekommen war. Er konnte sich nicht vorstellen, wie sie ohne ihre Einkünfte auskommen sollten. Seine Rezepte wurden immer ausgefeilter, schließlich konnte Vera immer teurere, seltenere Zutaten bezahlen. Das Kochen blieb weiterhin der einzige Dreh- und Angelpunkt in Charles' menschenscheuem Leben. Zur arbeitenden Bevölkerung schien er sich nicht mehr zu zählen.

Also fuhr sie weiter mit ihrem schwarzen Vauxhall durch die Straßen Londons. Einmal chauffierte sie ein ele-

74

gantes russisches Paar, Touristen aus Moskau, auf einer Einkaufstour. Sie ließ sich nicht anmerken, daß sie alles verstand, und lauschte ihren Streitereien – wie viele Geschenke sie noch für ihre Eltern kaufen mußten und welche Eltern die kostspieligeren Geschenke verdient hatten. Die Frau schien bei der Auseinandersetzung die Oberhand zu behalten, denn ihre Eltern paßten auf die Kinder der beiden auf, seine Eltern dagegen waren »Parasiten«, spuckte sie, »blutsaugende Parasiten«.

Vera setzte sie in der Bond Street ab und dachte an ihre eigenen Eltern, während sie nach Camden zurückfuhr. Sie schickte ihnen regelmäßig Pakete mit hübschen Sachen, warmer Kleidung, auch Geld, aber sie wußte, eigentlich wünschten sie sich nur, ihre Tochter käme zurück. Sie parkte das Auto auf dem ersten freien Parkplatz, zog den Schlüssel ab und weinte.

Und nun saß sie da, hypnotisiert von der blauen Gasflamme, die inzwischen in Maximalhöhe und -breite aufloderte. Der beschissene Boiler summte besonders laut, Charles ließ sich also gerade ein Bad einlaufen, mit einer seiner vielen, luxuriösen Badeessenzen. Gianni Versace war seine Lieblingsmarke. Er mochte das Herrenparfüm von Versace und wollte immer die Version für die Dame an Vera riechen. Nicht daß das zu irgendwas geführt hätte außer zu gelegentlichem Schmusen nach einem traumhaften Abendessen. Was für ein Leben soll das eigentlich sein, hätte Vera am liebsten geschrien, während sie die Leiter hinunterkraxelte.

Die Badezimmertür war geschlossen, Vera störte Charles nie bei seinem abendlichen Ritual. Doch heute fühlte sie sich besonders einsam. Lautlos drückte sie die Klinke herunter. Da lag ihr englischer Gemahl unter einem massiven Berg aus duftenden Blasen. Seine beschlagenen Brillengläser starrten sie von der Fensterbank mit dem Sprung in den Kacheln an. Sie wußte, ohne die Brille war Charles halb blind. Aber bestimmt nicht zu blind, um seine eigene Erektion zu übersehen, die sich kräftig aus dem Wasser emporreckte, und auch nicht zu eitel, um ihre selbstbewußte Pracht zu bewundern.

Vera schloß die Tür so leise, wie sie sie geöffnet hatte, ging auf Zehenspitzen in die Küche und brach in schallendes Gelächter aus. Der traurige Witz war, daß sie bislang noch nie so viel von Charles zu sehen bekommen hatte.

Sie fragte bei ihrer Taxifirma an, ob sie heute nacht noch arbeiten könne, obwohl es spät war und sie sich eigentlich nicht angemeldet hatte. Sie hatte Glück: Minuten später saß sie im Auto, um eine Kundin aus einem Pub in Highgate abzuholen. Eine Mrs. Baker, nach Knightsbridge.

Mrs. Baker entpuppte sich als Carol Blunder, die ihren richtigen Namen benutzte. Sie erkannte Vera nicht, blaffte – so höflich, wie ihre Trunkenheit es zuließ – ihre Adresse in Kensington Gate und schlief umgehend auf dem Rücksitz ein.

Immer wenn sie in der Nähe einer Straßenlaterne halten mußten, betrachtete Vera Carols Gesicht im Rückspiegel. Heute hatte sie ein kleines, verkniffenes Gesicht, wie die Schrumpfköpfe, die Vera mal in einem Anthropologieatlas gesehen hatte. Ihre Haut war kalkweiß und hatte große rote Flecken. Plötzlich kam Vera ihr heimlicher Leberfleck im Vergleich dazu gar nicht so übel vor.

Sie fuhr sanft und gekonnt und fragte sich, wieso Carol ihren Fahrer nicht dabeihatte. Als sie vor dem Haus eintrafen, um drei Uhr früh, schlief Carol immer noch tief und fest. Das Haus war dunkel.

Vera schaltete den Motor ab und stieg aus. Das übernehme ich, beschloß sie und hob die federleichte Carol vom Rücksitz hoch. Gerade war es ihr gelungen, die Frau an die schwere Eingangstür zu lehnen, als diese sich öffnete. Da stand Wild Bobby in dem gleichen Seidenpyjama, den Charles immer trug (Bobby hatte mal mehrere Dutzend davon bestellt und seinem Butler ein paar geschenkt). Er hatte blutunterlaufene Augen, war aber nüchtern und erkannte Vera sofort. Genauer gesagt, er erkannte Vera, noch bevor er seine Frau erkannte. Er hatte von Carols Trunksucht eigentlich gar nichts gewußt; normalerweise schaffte sie es immer, das Resultat vor ihm zu verbergen.

Gemeinsam trugen sie Carol hinein und legten sie behutsam auf eine große Ledercouch. Vera erklärte die Situation. Bobby griff nach seinem Geld, konnte aber keines finden. In Carols Handtasche war nichts außer einem elektronischen Terminkalender. Sie befand sich im Alkoholstupor – komplett weggetreten. Keiner der Dienstboten war im Haus, keiner, den man um Bargeld bitten konnte.

Bobby bot an, ihr einen Scheck auszustellen, aber Vera sagte, es sei ihr egal, und wollte gehen. Bobby sagte, sie müsse aber noch nicht gehen. Sie sagte, Doch, doch. Nein, bleib sitzen. Erzähl mir von Charles. Wie geht es ihm? Ich vermisse ihn, weißt du. Und seine verlebten Augen sagten ihr, jetzt, in diesem Augenblick, kannst du Charles sein. Sei Charles.

Es gibt eines, was die Westmänner von den Ostfrauen nicht wissen: Ostfrauen haben keine Angst, ihren Instinkten zu trauen. In jener Nacht hatte Bobby etwas Gewalttätiges an sich, aber Vera sagte zu ihm: Genausogut kann ich's dir auch sagen. Carol hatte recht mit der russischen Mafia, aber das Ausmaß der ganzen Sache war ihr nicht klar. Charles und ich kümmern uns um einige ziemlich große Kunden aus dem Showgeschäft. Du bist einer von ihnen. Deshalb fahre ich nachts. Ich kassiere. Bisher hat Carol das geregelt. Sie hatte uns hundert Riesen zugesagt, aber schau sie dir an. Also, Bobby, stell den Scheck aus. Ja? Das sollte für die nächsten zehn Jahre oder so genügen. Wer weiß, vielleicht lassen wir dich sogar ganz in Ruhe. Andernfalls können die Burschen ziemlich ungemütlich werden. Wußtest du, daß eins eurer Kindermädchen mit einem Usbeken korrespondiert hat, über Love Bonds Unlimited?

Carol rührte sich, stöhnte, wachte aber nicht auf. Wild Bobby Blunder, das amorphe Idol einer unreifen Teenagerfangemeinde, ächzte, brach in kalten Schweiß aus und schrieb den Scheck aus. Nur eine kleine Delle in einem seiner Bankkonten.

Vera fuhr durch den malvenfarbenen Schimmer eines frühen Juli-Sonnenaufgangs nach Hause, langsam, in aller Ruhe. Sie hatte soeben den Mann verbrecherisch erpreßt, der ihrem Mann die Würde gestohlen hatte. Egal. Wenn's nach ihr geht, wird Charles ein Kochbuch schreiben, und der Boiler kommt endlich vom Dachboden runter.

Die rosa Schleife

I

»Wenn du nur konvertierst, um deinem lieben Max zu gefallen, verschwendest du deine Zeit. Er ist nicht mal beschnitten«, sagte Daniel Zohar. Er sprach zu seinem eigenen Spiegelbild, im Versuch, die Gefühlsaufladung seiner eigenen Stimme zu taxieren und zu verbessern – ein stumpfes Instrument. Er wollte weder zu engagiert klingen oder aussehen noch zu cool. Gerade richtig.

Ein bißchen Feinabstimmung brauchte es noch, aber er betrachtete die Probe als erfolgreich – und hoffentlich war es die letzte. Er fühlte sich nun bereit, den Text vor seinem Zielpublikum zu bringen, Monika, die jeden Augenblick zur Hebräischstunde eintreffen mußte. Er war ihr Lehrer und bereitete sie auf den Glaubensübertritt vor. In Wahrheit wollte er ihr die Augen öffnen – daß sie nämlich drauf und dran war, einen Teufel zu heiraten, einen zynischen deutschen Juden, praktisch einen Goj, und daß er, Daniel, sie mehr liebte, als ein Kerl wie Max Kamenski es jemals fertigbrächte. Er fühlte sich bereit, doch das war ihm auch früher schon so gegangen, und er hatte versagt. Der Teil in ihm, der gelegentlich noch mit ehrlicher Inbrunst betete, flehte Gott an, ihm zu helfen, damit er heute diese Worte zu ihr sagen konnte. Diese oder irgendwelche. Die Zeit wurde knapp – es sollte ihre letzte Stunde sein, bevor sie nach New York flog, wo sie sich angemeldet hatte, um einen orthodoxen Übertritt zum jüdischen Glauben vornehmen zu lassen, unter der Leitung von nicht einem, nein, drei berühmten Rabbinern. Daniel hatte einen Traum, der ihn verfolgte – einen Alptraum! –, in dem die göttliche Monika mit drei nackten, bärtigen Männern in der Mikwe herumplanschte. Seine eigene Rolle in dem Traum war unklar – er versuchte, Monika zu retten, als ertränke sie, aber zugleich fühlte er sich verpflichtet, mitzulachen und mit in das rituelle Bad einzutauchen. Der Traum hallte stets in seinem Kopf nach.

Er rückte seine gestrickte, weinrote Kippa zurecht, schob sie etwas weiter auf den Hinterkopf, wo sie nicht ganz so ins Auge fiel. Er sah auf die Armbanduhr: Monika war fünf Minuten verspätet. Das war ungewöhnlich. Sie kam immer pünktlich. Ihre Übungshefte waren tadellos ordentlich, ihre hebräische Handschrift fast ohne Fehler. Komischerweise war ihre deutsche Handschrift gar nicht ordentlich. Sie schrieb in großen, fetten, krakeligen Lettern, kaum zu entziffern.

Daniel fand, heute sähe er beinahe gut genug aus, um sie davon zu überzeugen, daß sie ein attraktives Paar abgeben würden. Es stimmte zwar, daß sie ein kleines bißchen größer war als er, aber seine üppigen schwarzen Locken glichen die fehlenden Zentimeter aus. Es stimmte auch, daß Max größer war als Monika, trotz seines lächerlichen Kahlkopfes, aber was hieß das schon. Daniel war jünger, sein Körper ein Fest der Muskelkraft, und sein Gesicht ... Das konnte er nicht recht beurteilen, aber es kam ihm so vor, als lächelten ihn die Frauen oft an, als strichen sie gern mit ihren Fingern über sein breites Kinn und küßten ihn voller Hingabe. Deutsche Frauen liebten seine langen Wimpern, was Daniel nicht überraschte; deutsche Männer hatten nackte Augen, flache Gesichter, Lippen, die verschlossen wirkten. Vielleicht lag hier der Grund, warum sich seine Musterschülerin in Max verliebt hatte, dessen Lippen voll und geschmeidig waren, sich nach oben oder unten krümmten, um zu lächeln oder zu spotten, wie ein Paar kurzer, dicker Schlangen.

Daniel wird ihr klarmachen, daß es keinen Sinn ergibt, für einen arroganten, zynischen Intellektuellen wie Max zum Judentum überzutreten, der sich überhaupt keiner Sache sicher ist, am wenigsten seiner Gefühle zu einer Frau.

Monika wird bemerken, daß er heute besser gekleidet ist als sonst. Daniel hat beschlossen, Max' Stil zu imitieren, lässig, aber nicht nachlässig. Das gefällt ihr ganz offensichtlich, und sie würde nie mit einem Mann ausgehen, der angezogen ist wie ein israelischer Macho-Import. Auch wenn Daniel nichts daran ändern kann, daß er einer ist – er braucht ja nicht so auszusehen.

Die vielsagenden Zeichen, an denen man den israelischen Fallschirmspringer in Zivil erkennt, waren nicht leicht zu verbergen gewesen, aber Daniel studierte schließlich auch als Doktorand in deutscher Geschichte an der Universität Hamburg. Ein robuster, gesunder Mann aus dem Nahen Osten in europäischer Schale. Warum sollte Monika das weniger attraktiv finden als

Max' verwässerte Ausgabe eines mitteleuropäischen Juden, mit seiner klagenden Stimme und den hängenden Augenlidern?

Er erwog, sich ein weiteres Mal die Zähne zu putzen, als es endlich an der Tür klingelte. Daniel öffnete die Tür, und da stand eine verheulte Monika und umklammerte ihre Tasche wie ein Schulmädchen. Plötzlich wirkte sie viel kleiner als er. Er berührte ihren Arm, und sie brach schluchzend an seiner Schulter zusammen, auch wenn er den Grund dafür noch nicht kannte. Als sie ihm alles erzählt hatte, kam seine vorbereitete Rede ganz natürlich heraus, als hätte er sie gar nicht millionenmal geübt.

Monika Mitgangs Geschichte ist einfach erzählt. In dem Hamburger Buchladen, wo sie arbeitete, fiel ihr Max Kamenskis erster Roman in die Hände, und seine Schärfe benahm ihr den Atem. Max' Roman war wie eine düstere Stadtlandschaft, bevölkert von Juden, Deutschen, Israelis, Osteuropäern, Amerikanern – alle verschlagen, niederträchtig, hinterlistig, kaltschnäuzig. Sie sagten bittere Sätze, taten einander Unsägliches an und schienen von einem Autor erschaffen zu sein, der sie nicht liebte. Monika aber hatte das Gefühl, er liebte sie doch, und als sie ihn bei einer Signierstunde kennenlernte, sagte sie ihm das.

Max war amüsiert, lud sie aber nicht ein, sich irgendwann und irgendwo einmal mit ihm zu treffen. In seinen Augen sah sie aus wie all diese Frauen – blond, elegant, umwerfend, langbeinig, die jungen blauen Augen voll der blinden Anbetung für seine scharfen Äußerungen über Juden und Deutsche. Er wußte sofort, daß sie eine der

Frauen war, die über seine albernen Witze lachen, aber nie selber einen machen würde. Sie würde ihr Leben nach seinen Bedürfnissen ausrichten und das aufregend finden. Der Sex mit ihr würde geil sein, aber nach, sagen wir, einem halben Jahr würde sich Langeweile breitmachen. Schuld- und/oder Pflichtgefühle würden für ein weiteres halbes Jahr vorherrschen, und dann würde er sie aus seinem Leben reißen müssen wie einen Kaugummi, der sich in seinen Haaren verklebt hatte. Mal abgesehen davon, daß er keine Haare mehr hatte, um diesem plastischen Bild zu entsprechen.

Schließlich lernten sie sich unter vollkommen unerwarteten Umständen richtig kennen. Max war nicht nur Schriftsteller. Er dilettierte nebenbei auch als Fotograf. Für seine neueste Serie nackter Oberkörper, eingerahmt von großen Schmuckfenstern, brauchte er Modelle. Monika entdeckte die wunderliche Anzeige in der Lokalzeitung und erkannte sie als Zitat aus Max' Roman: »Amateurfotograf sucht großes weibliches Modell, um Fenster auszufüllen.«

Als sie ihn anrief, zeigte sich Max sehr beeindruckt, daß Monika das Zitat erkannt hatte; in seinem Roman *Eingerahmt* gibt ein lüsterner jüdischer Maler im Berlin der Weimarer Republik mit genau diesen Worten eine Suchanzeige nach einem weiblichen Modell auf. Natürlich engagierte er sie. Das hätte er sowieso getan: Monikas Körperbau mußte einfach in jeder Gattung der Bildenden Kunst gefeiert werden. Sie schwieg, während er die Bilder machte, redete nachher aber pausenlos, im Bett. Dann schwieg sie wieder, als sie in ein türkisches

Restaurant nicht weit von seiner Wohnung essen gingen, und schaltete erst bei ihr zu Hause wieder auf ihren Plauderkanal um, wo sie diesen langen ersten Tag mit einer langen ersten Nacht vollendeten.

Max stellte fest, daß er ebenso hungrig nach den Gesprächen mit Monika war wie nach ihrem Schweigen. Mit ihr zusammenzusein, das fühlte sich gar nicht falsch an oder willkürlich oder abgekartet. Er war glücklich, wenn er in ihren Armen lag, er war glücklich, wenn sie zusammen waren, allein oder mit anderen. Monika sagte, das sei Liebe, und er glaubte ihr.

Was er allerdings nicht glaubte, war, daß sie aus diesem Grund irgendwelche Zukunftspläne machen müßten. Max dachte über die Zukunft nicht nach, denn sie machte ihm angst. Das einzige, was ihm noch mehr angst machte, war die Vergangenheit. Er war sechsunddreißig Jahre alt und hatte die meiste Zeit seines denkenden Lebens mit dem Versuch zugebracht, den Sinn von Dingen zu ergründen, die lange vor seiner Geburt geschehen waren. Dieser Ansatz ließ keinerlei Raum, um Verantwortung dafür zu übernehmen, was im Verlauf des bislang noch ungelebten Teils seines Lebens geschehen mochte.

Monika brauchte vier Jahre, um die Tiefe von Max' Neurose richtig zu begreifen. Max mußte zum Beispiel jeden Morgen um sieben, selbst wenn er mit dem begehrenswertesten menschlichen Wesen zusammen war, wie Aschenputtel die Flucht ergreifen und in seine Wohnung zurückkehren, damit er arbeiten konnte; und falls Monika bei ihm übernachtet hatte, wurde sie Punkt sieben sanft von ihm geweckt und mit einem Taxi nach Hause ge-

schickt. Die Vorstellung, gemütlich zusammen zu früh-
stücken oder, Gott behüte, einen ganzen Morgen zu
verschwenden, ohne es mit dem Schreiben zu versuchen,
war für Max Anathema. Nicht daß er ein so fruchtbarer
Schriftsteller gewesen wäre; er mühte sich mit seinen
Manuskripten ab wie ein alter jüdischer Schriftgelehrter,
schnaufte und keuchte und zerriß sie immer wieder. Sein
Roman war ein dünnes Bändchen, etwa zweihundert
Seiten, und er hatte neun Jahre gebraucht, um ihn zu
schreiben.

Der Glaubensübertritt war nicht etwa Max' Idee gewesen. Monika verkündete die Nachricht eines Tages, als
feststehende Entscheidung, nicht als etwas, das sie zur
Debatte stellte. Sie sei bei Rabbi Krauthammer gewesen,
sagte sie zu Max.

»Na und?«

»Und … er wird mich beraten, aber den Übertritt will
er nicht machen. Er hat gesagt, du …«

Plötzlich horchte Max interessiert auf. Eine der Neben-
figuren in *Eingerahmt* war ein polnischer Rabbi, der nach
dem Krieg nach Deutschland zurückkehrt und die ältere,
behinderte Mutter eines seiner Nazi-Wärter pflegt. Max
hatte sich Krauthammers Eigenschaften ausgeliehen
(dünn, zerbrechliche Gestalt, schwerer roter Bart und ein
schwerer Akzent, der die deutschen Umlaute ignorierte),
aber nicht seine persönliche Geschichte.

Krauthammers Geschichte war anders verlaufen. Er
hatte den Krieg in Amerika, nicht in Auschwitz verbracht,
und er konnte gar nicht früh genug zurückkehren, kaum
daß der Krieg vorbei war. Er hätte sich wieder in Polen

niedergelassen, wenn ihn nicht ein Nach-Holocaust-Pogrom in Kielce begrüßt hätte. Ein alter Freund lud ihn nach Hamburg ein, wo er mit der Zeit zu dem kleinen Kopf einer kleinen führerlosen Gemeinde wurde. Max war ganz bewußt *kein* Mitglied von Krauthammers Clan, auch wenn er der notorischste junge Jude in Deutschland war. Also, was hatte der Rebbe über Max zu Monika gesagt?

»Er hat gesagt, du sollst an jedem Sabbat mit mir in die Synagoge gehen. Und du sollst Hebräisch lernen und dir alles aneignen, was ich auch lerne, damit wir eine richtige jüdische ...«

Sie brach ab. Soviel hatte sie gar nicht sagen wollen. Max würde explodieren.

Tat er aber gar nicht. Er lachte bloß, als hätte Krauthammer einen besonders guten Witz gemacht. Und als er Monikas besorgte Miene sah, erklärte er sich bereit, zu einigen Hebräischstunden bei dem jungen Daniel Zohar mitzukommen.

Max hatte genau zwei solcher Stunden besucht – genug, um mit dem, was er seinen »sechsten Sinn des Schriftstellers« nannte, den sich entspinnenden Handlungsfaden zu erkennen: Daniel würde sich bald in Monika verlieben und früher oder später versuchen, sie mit seinem selbstgefälligen, infantilen israelischen Konkurrenzgeist zu verführen. Doch anstatt diese Entwicklung zu blockieren, indem er zum Beispiel Monika davon überzeugte, sich einen anderen Hebräischlehrer zu suchen, zog sich Max vollkommen zurück. Er überließ Monika allein die Entscheidung.

Das war zwei Jahre her. Seither traf Monika Daniel einmal in der Woche. Max hatte recht behalten: Daniel war sichtlich und heftig in sie verliebt. Wenn sie eine Stunde absagte, weil sie sich nicht wohl fühlte, kam er zu Besuch und brachte eine Hebräisch-Kassette und Blumen mit. Immer wenn sie Max beiläufig erwähnte, verzog sich Daniels Gesicht ein kleines bißchen, und dann sagte er etwas besonders Freundliches über ihn: Max ist ein hervorragender Schriftsteller, er hätte viel mehr Erfolg verdient. Oder, nachdem sie zu dritt schwimmen gegangen waren: Max hatte früher bestimmt üppiges Haar, wenn man seine Brust und seinen Rücken so anschaut. Oder: Max will so gern ein *jüdischer* Schriftsteller sein; schade, daß er den Unterricht nicht fortgesetzt hat, dann hätte er mehr Hebräisch gelernt und wäre vielleicht, wer weiß, nach Israel gegangen.

Diesen letzten Satz hatte Daniel besonders gern abgelassen, bis ihm einfiel, daß er selber sehr bald nach Israel zurückkehren würde. Er hatte mehrere Jahre in Hamburg verbracht und seine Zeit aufgeteilt zwischen Recherchen für seine Doktorarbeit über Martin Luther und ein paar kleineren geheimdienstlichen Tätigkeiten, über die er nicht sprechen durfte – nicht einmal mit Monika, die eine enge Freundin geworden war, mehr nicht. Bis heute –

Sie *schluchzte doch tatsächlich an seiner Heldenbrust*, jammerte irgend etwas über Max und New York und Krauthammer. Daniel war im siebten Himmel. Nicht weil sie unglücklich war, sondern weil sie ihm vertraute.

»Alles geplatzt«, wimmerte sie. »Max kommt nicht mit. Und Kraut ... Krauthammer ist daran schuld.«

Daniel war verwirrt. Was war geplatzt? Der Übertritt? Die Hochzeit? Soweit er wußte, war die doch noch gar nicht besprochen worden –

Monika wischte ihre feuchte Nase an ihrem Handrükken ab, den sie unter seinem Pullover begrub – ganz, ganz nah an seinem Herzen, das beinahe wahnsinnig wurde.

Sie holte tief Luft. Max, so erklärte sie, weigerte sich, mit ihr wie geplant nach New York zu kommen, weil Rabbi Krauthammer gesagt hatte, er würde ihn aus seiner Synagoge verbannen und sogar versuchen, ihn exkommunizieren zu lassen, à la Spinoza.

Warum?

Wegen Max' Artikel in der Zeitschrift *Sieben Tage*. Hatte Daniel ihn nicht gelesen?

Offenbar hatte Max mal wieder eine seiner eloquenten Salven gegen Juden wie Deutsche abgeschossen, aber diesmal war er zu weit gegangen. Das fand sogar Monika. Er hatte geschrieben, ein prominenter Hamburger Rabbi frequentiere gewisse Etablissements auf der Reeperbahn, die für ihre israelischen Prostituierten bekannt seien. Max' Artikel war nicht etwa kritisch, sondern lobte das. Er beglückwünschte den Rabbi für sein wirklichkeitsnahes Verständnis menschlicher Bedürfnisse und für seine originelle und liberale Variante des Zionismus. Laut Max ging es besagtem Rabbi lediglich um das Wohlergehen dieser jungen israelischen Frauen im Exil, denen er auch half, wieder nach Hause zu kommen, sobald sie soweit waren. Seine Kritik und sein Zorn ergossen sich über die deutsche Regierung, die sich weigerte, den Frauen den Status politischer Flüchtlinge zuzusprechen (viele darunter waren russische Immigranten nach Israel, die von den Religiösen dort als Nicht-Juden eingestuft wurden und sich nicht einmal in Israel begraben lassen durften), und über die Frauen selbst, weil sie sich weigerten, Deutsch zu lernen und deutsche Freier zu akzeptieren.

Daniel war verwirrt. Wo genau lag das Problem?

Monika setzte sich etwas auf, ohne ihre Hand aus der warmen Kuhle nicht weit von seiner Achselhöhle zu nehmen.

»Begreifst du nicht? Max ist stinksauer, weil er erstens von diesen Huren nicht akzeptiert wird, was er aus irgendeinem Grund aber möchte. Sie glauben, er wäre ein echter Deutscher. Und zweitens ist Krauthammers Attacke gegen ihn der Tropfen, der das Faß zum Überlaufen bringt. Jetzt will er überhaupt nicht mehr Jude sein. Er macht ein Riesentheater. Und mir hängt seine infantile Selbstsucht zum Hals heraus, seine idiotischen Angewohnheiten, diese ganze verfluchte jüdische Scheiße –«

Sie sprang jäh auf und hinterließ eine kalte Stelle, wo ihre Hand gelegen hatte. Ihre Stimme, kurz davor, sich in einen verzweifelten Angriff gegen Max zu stürzen, kam mit beeindruckender Selbstbeherrschung von einer nahezu hysterischen Frequenz wieder herunter. Sie begriff, daß sie mit Daniel gesprochen hatte, ohne ihn richtig wahrzunehmen, wie sonst auch. Aber jetzt konnte sie ihn nicht mehr übersehen, als er ihre Hände in seine nahm, sie bestimmt auf das Sofa zurückzog und ruhig sagte:

»Wenn du nur konvertierst, um deinem lieben Max zu gefallen, verschwendest du deine Zeit. Er ist nicht mal beschnitten.« Und, nach einer Pause: »Vergiß New York.

Vergiß Max. Komm mit mir nach Israel. Da kannst du konvertieren, es ist kinderleicht, und dann heiraten wir. Das ist auch ganz einfach, wenn du mich nur ein bißchen liebhast.«

Daniel hätte den letzten Satz nicht gemurmelt, wenn ihm nicht tausend vergangene Augenblicke eingefallen wären, in denen sich, wie ihm schien, Monika bei ihm viel wohler gefühlt hatte als bei Max. Jetzt wartete er auf ihr Verdikt. Er brauchte sich keine Sorgen zu machen; Max hatte genau diese Szene schon vorhergesehen und Monika informiert, bevor sie etwas früher an diesem Morgen aus seiner Wohnung gestürmt war, daß sie als offenkundige deutsche Selbsthasserin wohl von einem Juden gefickt werden müsse und daß Daniel das doch auch erledigen könne. Dann, milder: »Entschuldige. War nicht so gemeint. Aber ich glaube, er ist verrückt nach dir. Gib dem Knaben eine Chance.« Das tat sie nun, und es fühlte sich ganz und gar nicht schlecht an. Dank Daniels beschnittenem Penis fühlte sie sich wie eine richtige jüdische Braut, was sie ja auch bald werden sollte. Und er überraschte sie positiv mit seinem hochentwickelten Sinn für postkoitalen Humor. Monika war begeistert über seine Phantasie von ihr, wie sie mit einer Meute Rabbis in der Mikwe schwamm, und liebte ihn dafür, daß er sich nicht selbst hineingebracht hatte. Max hätte seine spöttische Person gleich in den Mittelpunkt einer solchen Szene gestellt. Erst hätte er den Rabbis sein Hinterteil zugedreht und sie dann mit seinem unbeschnittenen (aber ach so großartigen) Schwanz verhöhnt. Zum Teufel mit ihm. Sie würde nach Israel gehen.

II

Sie stand nackt hinter der einen Spalt geöffneten Holzja-
lousie, ungesehen, allein. Sie hatte das Haus in Daniels
Abwesenheit verschlampen lassen, hatte Staub und Sand
hereinkommen und alles bedecken lassen, hatte die Fenster während der letzten Sandstürme nicht geschlossen.
Sie wünschte, sie hätte eine kühlende Schicht aus sal-
zigem Schweiß zwischen ihrer Haut und dem schmierigen Glas des Balkonfensters spüren können, aber alles
fühlte sich glühend heiß an, sogar das Glas, sogar Holz.
Heiß und trocken, nicht heiß und feucht.

Durch die Spalten zwischen den abgestoßenen Rippen
der Jalousie erblickte sie die monotone Landschaft aus flachen, schmuddeligen weißen Dächern und Fernsehanten-
nen. Zylinderförmige Solarheizungen hinter glänzenden,
eckigen Schilden und runden Satellitenschüsseln unter-
brachen die schläfrige Ödnis ab und zu. Sie wünschte, sie
hätte zumindest das Meer von ihrem Fenster aus riechen
können, aber sie war nicht in Tel Aviv, wo sie hingewollt
hatte. Sondern in Beer Sheva, wohin sie wegen Daniels
Stelle an der Universität hatten ziehen müssen. Sie war in
der Wüste, und sie fand es gräßlich.

Ihr erstes Jahr in Israel war ein Stück mediterranes Para-
dies gewesen. Die Hochzeit war schon bald nur noch
eine verschwommene Erinnerung an eine Veranstaltung
aus Satin, bei der sie sich zugleich gefeiert und äußerst
fremd gefühlt hatte. Sie mieteten sich eine winzige Wohnung nahe der Dizengoff-Straße, fünf Minuten vom
Strand, wo sie nach Belieben ihre Tage verschlunzen

konnte, während Daniel weiter an seiner Doktorarbeit saß. Sie hatte ihre Ersparnisse mitgebracht und wollte nichts anderes tun, als in der roten Hitze und dem grellen Licht ihres neuen Zuhauses zu schwelgen, die Sonne und die flirtende Aufmerksamkeit der vielen Daniel-Doppelgänger aufzusaugen.

Monika erwiderte die Avancen nicht, genoß aber das neue Gefühl, wegen ihres blendenden Aussehens Anerkennung zu ernten, wie derb und direkt auch immer. All diese dunklen, lächelnden, kernigen Typen schienen sie zu begehren, und sie hatte nichts dagegen – solange sie in sicherer Distanz zu ihrem Strandtuch blieben. Sie rekelte ihre langen Gliedmaßen hierhin und dorthin, streichelte ihren empfänglichen Körper unter dem Vorwand, Sonnencreme aufzutragen, drehte ihre babyrosa Handflächen nach oben, damit der Kontrast zu ihrer bronzefarbenen Haut besonders ins Auge fiel. Sie wußte, sie sah aus wie eine skandinavische Touristin, und fand es köstlich, wenn die Eingeborenen ihr komisches Englisch an ihr ausprobierten (»Macht Spaß auf Reißen in Israel?«), und sie antwortete in fließendem Hebräisch mit nur ganz leichtem Akzent (»Ata mastir li et hashemesh« – »Du stehst mir in der Sonne«.)

Hin und wieder machte Daniel eine Pause beim Schreiben und kam an den Strand nach. Er überraschte sie gern, indem er sanft etwas heißen Sand gegen ihre rosigen Fußsohlen warf, bis sie ihn bemerkte und sich aufsetzte. Die kernigen Stammgäste warfen Daniel neidische Blicke zu, wenn sie Monikas unverhohlene Zuneigung sahen. Bald hatte sie sich am Strand den Status einer unberührbaren fremden Schönheit erworben, die das Hebräische mysteriös perfekt beherrschte, und einen echt israelischen Ehemann noch dazu. Ab und zu traf sie auf deutsche Touristen. Sie hörte ihren vertrauten Stimmen zu, vor allem, wenn sie aus Norddeutschland kamen, und verspürte Heimweh nach dem unkomplizierten Leben, das sie hätte haben können, wenn sie Max nie begegnet wäre. Aber wenn sie versuchten, sie als eine der ihren zu vereinnahmen, fühlte sie sich ihnen fern, als hätte sie die graue, effiziente Präzision ihrer Heimatstadt niemals gekannt und stammte aus dem chaotischen, aggressiven, ungeordneten, lichterloh brennenden Nahen Osten.

Sie verbrachte den Vor- und Nachmittag am Meer, heiße Siestas am Mittag und die Nächte zu Hause. Daniel stand immer für sie bereit, als hätten die Jahre der Liebe zu ihr, gegen ihre Liebe zu Max, in ihm ein endlos nachwachsendes Begehren aufgestaut. Monika widerstrebte der Sex mit ihm keineswegs, aber sie wußten beide, daß ihrer Ehe eine gewisse Schärfe fehlte, sie war zu sonnig, zu unbekümmert. Nur ein bißchen Wut, Ungewißheit oder sogar Haß hätte es gebraucht, um dieses perfekte Gleichgewicht zu stören. Monikas Zuneigung zu Daniel war zärtliche Freundschaft; seine Liebe zu ihr war die losgelassene Leidenschaft seines Lebens, wie eine Tulpenzwiebel, die nach einem langen Winter im gefrorenen Boden plötzlich aufgeht, hoch und in praller Farbe.

Das Intermezzo der Seligkeit zerbrach, wie ein Zauber, als Daniel eines Tages mit – wie er dachte – äußerst guten Nachrichten nach Hause kam: seinem ersten, ernsthaften Stellenangebot.

»Aber das bedeutet, wir müßten nach Beer Sheva ziehen«, sagte Monika ungläubig.

»Beer Sheva ist nicht so schlimm. Die Hitze ist leichter zu ertragen, nicht so feucht. Wir können eine schöne Wohnung kaufen, größer als diese hier, und ein Baby haben ...« Daniel war vollkommen glücklich mit dieser Phantasie. Sie würden für Monika eine Arbeit finden, und sie würde dort genauso glücklich sein wie hier in Tel Aviv.

Also zogen sie um, und alles in Daniels Leben paßte im Handumdrehen zusammen: er lehrte, schrieb wissenschaftliche Aufsätze, schloß sich sogar einer exzentrischen Gruppe ortsansässiger Anarchisten an. Für Monika gab es nichts. Keinen Strand, der sie von ihrem wirklichen Leben ablenkte. Keine Freunde, nicht mal Genossen beim Strandfaulenzen. Es gab nichts zu tun, außer auf Daniel zu warten. Die Stadt selbst war ausgedörrt, und ihre staubige Trockenheit wurde durch kein glitzerndes Meer gemildert. Dann kam der Krieg.

Monika gönnte sich ein verwunschenes Leben in Israel, unberührt von den Spannungen und Dramen des Landes. Sie las weder Zeitung, noch sah sie die Nachrichten im Fernsehen. Von ihrem Blickwinkel aus war der Krieg im Norden bloßer Hintergrund, mehr akustisch als visuell. Ein fernes Gewitter. Die Militärflugzeuge, auf dem Weg zur Nordgrenze und manchmal auch weit darüber hinaus, taten dem unschuldigen mediterranen Himmel immer häufiger Gewalt an. Die Bomben würden anderswo explodieren; hauptsächlich auf der Mattscheibe.

Als Daniel dran war, sich bei seiner Einheit zu melden, war sie schockiert. Wie konnte etwas so Absurdes wie ein echter Krieg ihr eigenes Leben betreffen!

»Du stellst dich kindisch an«, sagte Daniel, ärgerlich und ungeduldig. »Es ist doch nicht so, als wollte ich dich verlassen oder verletzen. Ich bin gegen diesen Krieg, das weißt du doch. Aber ich *muß* hin.«

Sie wollte ihm erklären, daß sie Zeit brauchte, um sich an diesen unnormalen Lebensstil zu gewöhnen, daß sie sich ihren sanften Daniel, den Historiker, nicht vorstellen konnte, wie er aus Flugzeugen sprang und auf feindliches Territorium vordrang. Oder auch nur das eigene verteidigte. Aber da trug er schon seine Fallschirmspringeruniform, rotes Barett, rote Stiefel und alles andere, hatte MG und Rucksack in der Hand. Ihr letzter Kuß war befleckt von jener Spur des Zorns, auf die sie gewartet hatten, um ihrer Ehe das Siegel der Realität zu geben. Sie sah ihn nie wieder.

Das lag inzwischen drei Monate zurück. Als sie von Daniels unsinnigem Tod hörte – der Helikopter, der ihn zu seinem Stützpunkt brachte, stürzte aus unerfindlichen Gründen ab –, konnte sie nicht einmal weinen. Über Nacht stand sie im Mittelpunkt der beflissenen Aufmerksamkeit aller: Daniels Familie, ihre eigenen Eltern, Daniels Freunde und Kollegen, jeder bot an, sie »aufzunehmen« und ihr beim Trauern zu helfen.

Aber Monika wollte in Ruhe gelassen werden. Jetzt, da Daniel fort war, spürte sie ihn überall. In dem leeren, trockenen Bett, in den sanddurchfegten Straßen dieser eckigen Stadt und schließlich auch in ihrer verlassenen Seele.

Die Wüste, die sie mit einemmal als seltsam lindernd empfand, war der perfekte Ort, um ihren Kummer zu begraben. Daniel war aus ihrem Leben verschwunden wie ein Schatten und ließ sie betäubt und unkonzentriert zurück. Und ausgehungert, nach mehr schreiend.

III

Die Universität bot ihr eine Arbeit als Deutschlehrerin an, aber Monika sagte nein. Sie konnte nicht zu einem Leben aus Papier zurückkehren, sich hinter Büchern und akademischen Institutionen und benoteten Leistungen verstecken. Statt dessen entschied sie, ihre Tage als Lehrling bei einem Friseur zu verbringen und Haarlocken zwischen Jacques' Füßen aufzukehren. Er wußte nichts von ihr, bemitleidete sie nicht, schien sie nicht einmal zu sehen.

Jacques, ein lautes Genie von eigenen Gnaden, träumte von einem Salon in Paris, in der Rue St. Honoré. Monika sah ihm gern bei der Arbeit zu. Frauen – Mütter, Töchter – schlossen die Augen, wenn er ihren Kopf nach Lust und Laune an seine Lenden preßte und sich über ihr nasses Haar beugte wie ein Bildhauer über Köpfe aus Ton. Sie sagten ihm nie, was sie wollten, fiel ihr auf; sie wußten, er würde nicht auf sie hören. Er trug einen weißen Overall auf seinem schönen, dunkelbraunen Körper, einen weißen Overall und sonst nichts. Er fluchte, schwitzte, trank Arak. Das wird er vermissen, wenn er je nach Paris kommt, dachte sie. Und eines Tages wurde ihr bewußt, daß der Krieg einfach weiterdröhnte und mit dem Rhythmus der Musik verschmolz, die Jacques im Salon spielte, ohrenbetäubend, repetitiv, elektrisierend.

An einem Morgen kam Monika sehr früh an, in der Hoffnung, der Hitze auszuweichen. Sie fand Jacques' schickes Verlies offen vor. Nur Ahmed, der Putzmann, war da und wischte den Steinboden mit einem triefenden Mop. Sie nickten einander zu, wechselten kein Wort. Selbst in diesem engen Raum hatte Ahmed eine Art, im Hintergrund aufzugehen, als wäre er unsichtbar. Ab und zu spürte Monika, wie ein Augenpaar auf ihr ruhte, ein stetiges, stummes Starren, in dem sich Bewunderung mit etwas anderem mischte. Haß vielleicht.

Glänzende, muskulöse Arme, breiter Rücken und Brustkorb, Schweigen. Doch Monika wußte, weil Jacques es ihr erzählt hatte, daß Ahmed in Wirklichkeit eine Frau war, eine Beduinin. In der Stadt zu verschwinden und die Identität eines Mannes anzunehmen war ihre Art, einem brutalen Ehemann zu entfliehen. »Sie will vergessen, daß sie je eine Frau war«, hatte er gesagt und mit einem boshaften Grinsen hinzugefügt, »wie ihr alle.« Ob eine Frau wohl mehr braucht als die Kraft von Ahmeds Armen, um sich zu wehren, dachte Monika.

Sie fühlte sich müde, obwohl der Tag kaum begonnen hatte. Ihre Füße waren schwer, als läge eine immense Last auf ihr. Jacques' tägliches Speichelleckerpublikum würde bald eintrudeln. Er würde seine nikotinbefleckten Finger nicht von ihren Haaren lassen, mit magnetischen Berührungen wie ein Geliebter – ein Ersatzkick für ihre Sinne und eine Provokation für Monika.

Plötzlich wußte sie, daß sie es nicht eine Sekunde länger ertragen konnte, das Auffegen dunkler, lockiger Haarbüschel, das Waschen lachender, zwitschernder Köpfe, den Anblick von Jacques' selbstgefälligem Spiegelbild. Sie sackte auf den nächsten Stuhl und ließ ihren Körper schlaff werden, ihre Augen brannten.

»Du solltest nicht so viel Make-up tragen«, wisperte ihr plötzlich Ahmed ins Ohr. »Mach es wie wir – umrande deine Augen mit schwarzem Kajal und überlaß den Rest deinen Tränen. Einen schwarzen Rahmen, mehr brauchst du nicht.«

Monika stierte wie hypnotisiert auf Ahmeds großen, sehnigen Arm, eine Wiege für ihren Kopf. Bei der ersten Berührung mit der rauhen Haut der Beduinenfrau brach sie zusammen und ließ all die Trauer heraus, die sie so lange zurückgehalten hatte: um Daniel, auch um Max, um sich selbst, sogar um Ahmed, die sie sanft wiegte wie ein Baby, bis ihre Augen wieder trocken waren und ihre Kraft zurückkehrte.

Als Jacques eintraf, war sie längst weg. Es war erst acht Uhr morgens, die Sonne fiel schon wieder über die Stadt und die sie umgebende Wüste her wie ein wahnsinniger Brandstifter. Selbst die Sonne ist fanatisch an diesem verrückten Ort, dachte sie. Aber sie wußte, sie konnte es aushalten – Hauptsache, sie zog wieder an die Küste.

IV

Man muß es schon sagen, der Vollständigkeit halber: Max hatte nicht nur vorhergesagt, daß Monika mit Daniel nach Israel auswandern, sondern auch, daß sie dort zur Witwe werden würde. Dazu war kein besonderes, übersinnliches Talent nötig, nur eine durchschnittliche erzählerische Begabung mit einer anständigen Geschichte und einem informierten Einblick in die israelische Politik, mit dem zu erwartenden Blutzoll an jungen Männern wie Daniel Zohar.

Was Max nicht vorauszusehen vermochte, war Monikas Schwangerschaft. Es ist schwer zu begreifen, doch aus Gründen, die sein Psychoanalytiker – falls er einen hatte – wohl am besten kannte, schloß Max diese Möglichkeit in seine geistigen Berechnungen nicht ein, und als Rabbi Krauthammer eines Sonntags bei ihm klingelte und es ihm erzählte, erwischte ihn die Nachricht unvorbereitet.

Krauthammer hatte Max in den Nachwehen der Reeperbahn-Affäre keineswegs mit dem Bannfluch belegt. Vielmehr hatte er ihm »die Mädchen« vorgestellt, und eine eigenartige Freundschaft erblickte das Licht der Welt. »Herr Kamenski«, wie die israelischen Prostituierten ihn beharrlich nannten, wurde Stammkunde und bald so etwas wie ihr Fürsprecher, wenn sie mit dieser oder jener Behörde Ärger bekamen. Krauthammer nannte ihn einen »intellektuellen Zuhälter« und zog ihn unablässig mit seinem widersprüchlichen, blutleeren Judentum auf. Eines der Mädchen, die hübsche Tamar aus Netanya mit dem Silberblick, stand im Mittelpunkt seines neuen Romans und er im gelegentlichen Mittelpunkt ihrer erfahrenen Aufmerksamkeiten. Schließlich schaffte sie es sogar, ihn davon zu überzeugen, daß Rabbi Krauthammer recht hatte: Max sollte sich beschneiden lassen.

Krauthammer hatte sich geweigert, Monikas Übertritt zum Judentum zu betreuen, mit der Begründung, daß er Übertritte »nicht machte«, aber er war ohne weiteres bereit, Max bei seinem schmerzhaften Ritus behilflich zu sein. Er arrangierte, daß ein berühmter Mohel aus London kam und gemeinsam mit einem ortsansässigen Chirurgen von einigem Renommee dafür sorgte, daß sich Max einen rechten Sohn Abrahams nennen durfte. Max verfluchte seine agnostischen Eltern dafür, daß sie ihm das nicht angetan hatten, als er acht Tage alt war. Doch als er aus seiner Ohnmacht erwachte, bandagiert und schlagkaputt, starrte er in die lächelnden Gesichter von Tamar und ihren Freundinnen und fühlte sich unerklärlich und zutiefst glücklich. Er hatte keine Ahnung, warum das Leben ohne eine Vorhaut ihn weniger anfällig für existentielle Angst machen sollte, aber genau so kam es.

Ein Blick nach unten enthüllte ihm, daß sein Verband wie eine Schleife gebunden war, in rosa; ein Geschenkpaket. Die Mädchen brachen, etwas schuldbewußt, in Gelächter aus, und Krauthammer lachte mit. Max' nächster Besuch auf der Reeperbahn würde hochgradig experimentierfreudig ausfallen.

Aber das lag einige Zeit zurück. Nach ein paar Monaten war es nichts Neues mehr, und Max wurde zu einem beschnittenen Juden wie jeder andere. Er und Krauthammer trafen sich jetzt jeden Sonntag zum Tee, unterhielten sich ein bißchen über Juden und Deutschland und manchmal auch über den Rest der Welt. Doch die meiste Zeit saßen sie in Max' ordentlichem Zimmer voller Bücherregale und sahen im Fernsehen Fußball.

Krauthammer wollte um keinen Preis so wirken, als habe die Art, wie er die Neuigkeit überbrachte, etwas Bedeutungsschwangeres. Also sagte er nur in neutralem Ton: »Ich habe von Monikas Eltern gehört, daß sie gut klarkommt. Das Baby kommt in einem Monat.«

Wer kann erklären, warum Max auf diese kurze Äußerung mit einem tieferen Schock reagierte, als selbst Krauthammer für möglich gehalten hatte? Oder warum ihm klar wurde, daß er Monika unbedingt *sehen* mußte, nicht nur anrufen, wie er es getan hatte, als er erfuhr, daß Daniel ums Leben gekommen war? Max hätte Krauthammer fragen können, aber er wußte, daß der Rabbi nicht spirituell veranlagt war und deshalb gar keine Erklärung versuchen würde. Er würde nur sagen »Tu's« oder »Laß es« – ohne Grund. Denn dieser gottverdammte Rabbi wußte einfach Bescheid – was richtig und falsch war, Wahrheit und Lüge, wichtig und belanglos. Daß er den Weg zurück zu Monika fand, war nicht falsch; es war wichtig, und es war die einzige Wahrheit seines Lebens.

Sie sah kaum schwanger aus, als sie ihn am Ben-Gurion-Flughafen abholte. Monikas langer, geschmeidiger Körper trug das Baby irgendwo tief drinnen, irgendwo außer Sichtweite, und sie umarmte ihn fest, ohne Angst um ihren Bauch. Wenn es nicht mit einem Tritt in Erscheinung getreten wäre, hätte er nicht geglaubt, daß es überhaupt da war.

Er wollte mit ihr darüber reden, daß sie nach Hamburg und zu ihm ziehen sollte, nach der Geburt. Denn ihm war gleich klar, daß er hier in Israel nicht leben, nicht schreiben konnte. Doch irgend etwas an dieser Monika, die Daniels Frau gewesen war, hielt ihn zurück. Sie fuhr selbstbewußt durch dunkle, heiße Straßen, mit heruntergekurbelten Scheiben, die Luft voller berauschender Gerüche und durchdringender Geräusche. Als sie an einer roten Ampel hielt, wollte er ihre Hand küssen. Aber eine kleine, unvertraute Geste – ihre Finger, die sich ein paar Schweißtröpfchen vom Kinn wischten – entmutigte ihn.

Anstatt sie zu berühren oder das zu sagen, weswegen er hergekommen war, hörte er sich krächzen: »Ach übrigens. Krauthammer hat gewonnen. Ich bin beschnitten ...«

Monika kicherte. »Ich weiß«, sagte sie, ohne die Augen von der Straße zu nehmen. »Vor ein paar Monaten habe ich eine Frau namens Tamar kennengelernt – meine Nummer hatte sie von Krauthammer –, und ich hab sie gebeten, die Schleife zu binden – für mich ...«

Michael Farmers Baby

Gott allein weiß, wie es soweit kam, daß ich Michael Farmers Baby in einem katholischen Krankenhaus in White Plains im Staat New York auf die Welt brachte, aber ich war froh darüber. Die beiden irischen Hebammen – Eileen und Erin – umsorgten mich liebevoll, da sie sonst rein gar nichts zu tun hatten. Kein anderes Baby kämpfte sich in jener Nacht ans Licht der Welt, und wir hielten es für ein gutes Omen, daß unsere Namen alle mit E anfingen. Ich heiße Emma.

Ich war vor langer, langer Zeit selbst Krankenschwester gewesen, hätte also wissen müssen, daß ich nicht bei der ersten Spur blutigen Schleims in meinem Slip ins Krankenhaus zu rasen brauchte. Noch kein Wasser, und nicht eine einzige Wehe. Aber Eileen schickte mich nicht nach Hause. Vielleicht spürte sie, daß es zu Hause furchtbar für mich war; ich hatte mich, anders als die meisten Mütter heutzutage, allein eingefunden, wirkte müde und nicht gerade jugendlich. Wenn eine Frau auf die Entbindungsstation kommt, hat sie meistens eine kleine Reisetasche dabei; ich schob einen großen, schweren Koffer vor mir her, der den größten Teil meiner Habseligkeiten enthielt. Wäre er nicht ein so elegantes Gepäckstück gewesen, hätten sie bestimmt Verdacht geschöpft und mich für obdachlos gehalten. Später verriet ich Eileen und Erin, wie ich Professor Michael Farmer und seiner Familie um die ganze Welt gefolgt war, bis wir schließlich wieder in seiner Heimatstadt landeten. Dann machten sie sich erneut auf und zogen weiter, nach England, aber ich blieb hier hängen, mit meinem schwangeren Bauch und zwanzig Jahren Erinnerungen daran, wie ich einen ernsthaften, disziplinierten Mann geliebt hatte, dessen Liebe zu seiner Frau über die Jahre ebensowenig nachgelassen hatte wie seine Erregung bei den Berührungen seiner Sekretärin. Meinen Berührungen.

Eileen war die ältere, mütterliche der beiden, sie hatte dickes, rötlichbraunes Haar, das sie geflochten und wie eine Tiara auf ihrem Kopf zusammengesteckt trug, ein warmherziges, sommersprossiges Gesicht und warme Hände. Sie strahlte Zutrauen und eine feste Ruhe aus. Erin war ein Dynamo mit Sex-Appeal, mit einem leuchtendblonden Schopf, blasser Haut, beharrlichen blauen Augen und Wahnsinnskurven unter ihrem schlichten weißen Kittel.

Der streng dreinschauende Arzt warf Eileen einen spöttischen Blick zu, als sie in ihrem klingenden irischen Zungenschlag sagte: »Wir können sie doch eigentlich über Nacht hierbehalten«, wirkte aber auch nicht überrascht, daß sie bereit war, sich um eine Frau zu kümmern, deren Wehen noch nicht einmal begonnen hatten. Er brummte, ich dürfe gern essen und trinken, was ich wolle, und verschwand. Wir bekamen ihn erst ganz am Ende wieder zu Gesicht.

»Und wo steckt der Vater?« fragte Erin munter. Eileen runzelte die Stirn und reichte mir ein Glas Wasser. Aber ich war gegen taktlose Fragen immun. Genauer gesagt, ich konnte es gar nicht erwarten, ihnen davon zu erzählen.

»Weg, nach England«, sagte ich. »Er weiß nicht mal, daß ich ein Kind von ihm erwarte. Er ist verheiratet und ...« Ich verstummte, als mir plötzlich wieder einfiel, wo ich war. Würden sie mich jetzt rauswerfen?

Eileen nickte nur tiefernst, und Erin strahlte mich hemmungslos an: »Wo kommen Sie eigentlich her? Aus White Plains?«

»Boston. Meine Großeltern stammten übrigens aus Irland.«

»Wir haben uns schon gedacht, daß sie eine irische Amerikanerin sind, wo sie O'Connor mit Nachnamen heißen. Wo denn in Irland?«

»Aus einer kleinen Küstenstadt namens Newcastle. Das liegt doch im County Down, oder? Bei den Mourne-Bergen. Mein Großvater hat oft davon erzählt. Und es gibt da auch ein altes Lied –«

»Kenne ich, kenne ich!« quiekte Erin. Sie warf Eileen einen Blick zu, stellte fest, daß sie wohlwollend lächelte, holte tief Luft und sang:

O Mary, dies London, das könnt' mich wohl reizen,
die Leute sind Tag und Nacht fleißig und rege,
doch säen sie weder Kartoffeln noch Weizen,
sie glauben, daß Gold auf der Straße rumläge.
Das hab ich gehört, als ich sie danach fragte,
und dachte mir, was, wenn ich selbst danach jagte?
Doch bald weißt du, daß man nichts andres entdeckt
als bei uns, wo der Mourne sich zum Meer hin erstreckt.

Ihre klare Stimme klang heiter, wie die Worte, die sie sang, aber in ihren Augen lag die Traurigkeit dieses Liedes. Erin bremste sich, auch wenn es ihr nicht leicht fiel. »Ich kann das ganze Lied«, sie glühte, so zufrieden war sie mit sich, »mein Freund hat eine Website mit irischer Folkmusik.«

Ich verspürte einen – leichten – Schmerz im Rücken, beschloß aber, ihn zu ignorieren.

»Hör auf, so anzugeben«, sagte Eileen. »Emma ist bestimmt nicht an deinem Gesang interessiert. Fühlen Sie sich wohl, meine Liebe?«

»Nein, nein, ich bin sehr interessiert«, sagte ich. »Der Mann, für den ich gearbeitet habe, ist Soziologe, und das war sein Fachgebiet. Die viktorianische Zeit, meine ich.« Erins Aufmerksamkeit driftete ab, wie ich sah, also wechselte ich das Thema. »Und wo kommen Sie her?«

»Beide aus Cork.«

Wie sich herausstellte, hatte dieses Krankenhaus eine lange Tradition, Krankenschwestern aus Irland zu beschäftigen, dank seiner direkten Verbindung zu einer Schwesternschule in Dublin. »Aber ich wollte sowieso weg«, sagte Eileen. »Ich auch«, sagte Erin.

Aus irgendeinem Grund brachen wir daraufhin alle drei in albernes Gekicher aus wie eine Teenagerclique. Ich spürte ein neuerliches Ziehen in meinem unteren Rücken, als versuchte da ein ungeschulter Neuling, mir eine Massage zu geben. Ich wollte gern vergessen, daß ich hier war, um ein Kind auf die Welt zu bringen. Ich hätte am liebsten geredet und geredet und wäre dann irgendwann nach Hause gegangen und hätte genauso weitergelebt wie zuvor. Oder vielleicht konnte ich auch für immer hier bei

Eileen und Erin bleiben, ich fühlte mich so wohl bei ihnen ...

»Kommen Sie, gehen wir ein Stück«, sagte Eileen. Ihr war meine geballte Faust aufgefallen.

Erin ging los, um Tee und Sandwiches zu machen, während ich mich auf Eileen stützte wie eine alte Frau und in der schwach beleuchteten, leeren Entbindungsstation herumtappte.

»Erzählen Sie mal«, sagte ich, als ich wieder normal atmete. »Haben Sie Ihre Familie mitgebracht?«

»O nein«, sagte Eileen. »Ich bin nicht verheiratet, und alle meine Geschwister sind noch in –«

»Cork?« unterbrach ich.

»Nein, in England. London und Liverpool.« Sie seufzte. »Irland zu verlassen ist das, was schwerfällt. Wenn Sie einmal gegangen sind, ist es völlig egal, wo Sie hingehen.«

Dann erzählte ich ihr von meinen frühen Zeiten als Krankenschwester, in Boston. Wie ich Michael Farmer kennengelernt hatte, als damals noch wesentlich jüngeren Mann, der seinen kleinen Sohn mit einem verstauchten Knöchel in die Notaufnahme brachte. Wie wir über dies und das ins Gespräch kamen, vor allem über seine interessanten Forschungsarbeiten, und bevor ich wußte, wie mir geschah, hatte ich im Krankenhaus gekündigt und sein Angebot angenommen, als seine Privatsekretärin und Assistentin zu arbeiten. Das machte mir nichts aus: Mein Vater war gerade dabei, sich zu Tode zu trinken, und von mir wurde erwartet, ihn zu pflegen. Ich mußte da raus, mußte für meine Familie unerreichbar werden. Und so hatte ich von einem Tag auf den anderen ein neues Leben: Ich tippte Michael Farmers Bücher und Aufsätze und ordnete seine Sammlung von Fakten und Gedanken über das viktorianische England. Ich versuchte, Eileen mit sorgfältig gewählten Worten verständlich zu machen, daß Professor Farmer und ich, obwohl wir eigentlich nie eine Nacht miteinander verbrachten, voneinander abhängig waren. Zehn Minuten, die wir uns vom Diktat über, sagen wir, seine neueste Entdeckung in Sachen viktorianische Empfängnisverhütung davonstahlen, genügten vollauf, damit er seine Reptilienhaut abwarf und mich vollkommen verwandelte. Er war ein schroffer, trockener Mann, aber ich war verrückt nach ihm. Ich hatte nie zuvor einen Geliebten gehabt, und danach ebensowenig. Ich bin immer unsichtbar für Männer gewesen, für Frauen übrigens auch, was das betrifft, aber Michael Farmer gab mir eine Chance und war nicht enttäuscht. Wenn ich eine Mission in diesem Leben habe, dann die, der Welt klarzumachen, daß reizlose Frauen einen zweiten und dritten Blick wert sind.

»Meinen Sie den Schwamm?« fragte Eileen. Meine Wehen schienen aufgehört zu haben, und wir setzten uns, um den Tee zu trinken, den Erin gebracht hatte. »Ich habe gehört, sie benutzten so eine Art Schwamm.«

Ich erklärte ihnen, daß viktorianischen Frauen geraten wurde, zunächst eine »Haspel« an einem großen Stück Schwamm zu befestigen und beide dann in die Vagina einzuführen, den Schwamm aber »anzufeuchten, um das Sperma aufzunehmen«. Ich hatte sogar irgendwo gelesen, »eine englische Herzogin geht niemals ohne zum Diner«.

Eileen setzte ihre Tasse ab, sah mir geradeaus in die Augen und lächelte: »Woher wollen Sie das wissen? Glaube ich nicht!«

»Oh, ich habe so viel darüber gelesen, sogar private Tagebücher ... Es ist eigentlich verblüffend, wie offen die Viktorianer waren, im Vergleich zu dem, was wir von ihnen denken.«

»Offen?« fragte Eileen ungläubig. »Ich dachte, sie wären furchtbar prüde gewesen.«

»Wie du«, neckte sie Erin.

»Oh, ich bin nicht prüde«, protestierte Eileen in tiefernster Selbstverteidigung. »Wenn ich manchmal ein bißchen streng klinge, dann nur, weil ich mit eigenen Augen gesehen habe, was läuft, wenn der Spaß vorbei ist. Und weil ich nicht daran glaube, daß es überhaupt so viel Spaß macht. Wie meine Großmutter zu sagen pflegte: ›Drei Dinge hinterlassen die kurzlebigsten Spuren: ein Vogel auf dem Ast, ein Schiff auf dem Meer und ein Mann auf einer Frau.‹«

»Aber es macht doch Spaß!« wehrte sich Erin. »Finde ich jedenfalls.« Sie rutschte an den Stuhlrand, streckte ihre langen Beine aus, kreuzte sie langsam auf Knöchelhöhe und tätschelte liebevoll ihre Knie. Selbst in den klobigen Schuhen, die sie trug, ließ Erin einen an Schlafzimmerszenen im Kino denken, an geräuschlosen Krankenhaussex à la *Emergency Room*; ich konnte mir richtig vorstellen, wie sie zusammen mit, sagen wir, George Clooney besetzt wurde, der dann nach ihren dunklen Schamlöckchen grapschen durfte, unter morbid zur Schau gestellten Röntgenaufnahmen von der Brust ...

»Nun, Emma hier ist doch ein gutes Beispiel für ...« Eileen setzte zu einem leidenschaftlichen Widerspruch an, hielt sich aber plötzlich im Zaum. Sie hatte sichtlich Angst, mich in ihre Debatte zu verwickeln, in meinem Zustand.

»Wie auch immer, zurück zu den Viktorianern«, sagte ich, um die leichte Spannung zwischen den beiden zu entschärfen. Ich bat Erin, meinen Koffer zu den Stühlen, auf denen wir saßen, heranzurollen. Mein Laptop lag unter einem wüsten Haufen von Kleidungsstücken, die ich schnell zusammengesucht hatte, bevor ich ins Krankenhaus aufgebrochen war. Die Forschungsergebnisse, die ich für meinen Chef zusammengestellt hatte, waren unter der Datei Farmer/Victoriana abgelegt. Schnell hatte ich das Zitat gefunden, nach dem ich suchte:

»Liebe ist ein Thema, über das manche Frauen nicht sprechen wollen ... Es ist eine barbarische Sitte, die der jungen Frau verbietet, den ersten Schritt in der Liebe zu tun, oder die diesen Schritt auf eine Bewegung des Auges, der Finger beschränkt ... Warum soll das Weib nicht seiner Leidenschaft für den Mann Ausdruck verleihen können, genau so wie der Mann der seinen für das Weib?«

Dies stand in einem Buch mit dem Titel »Das Buch für jede Frau; oder: Was ist die Liebe?«, erschienen in London, 1826. Erin war beeindruckt. »Siehst du!« sagte sie zu Eileen. »Sogar die Viktorianer waren fortschrittlicher als du!«

Jetzt war Eileen aber wirklich verletzt. »Wann habe ich je gesagt, daß man einem Mann nicht zeigen soll, was man für ihn empfindet? Also ehrlich«, nun wandte sie sich an mich, »dieses Mädchen wird bei Ihnen noch den Eindruck erwecken, als wäre ich ein Monster. Als hätte ich nicht so meine Erfahrungen mit ...« Wieder brach sie mitten im Satz ab. Ich bekam langsam das Gefühl, daß die unausgesprochenen Hälften ihrer Sätze eine ganz schöne Geschichte ergeben würden.

Außerdem kriegte ich allmählich leichte Schuldgefühle. Keinerlei Wehen machten sich bemerkbar, ich war etwas müde, doch ansonsten ging es mir gut. Vielleicht sollte ich sie am besten schlafen lassen und nach Hause fahren.

»O nein, machen Sie sich darüber keine Sorgen«, sagte Eileen, mit ruhiger Autorität in ihrer festen Stimme. »Sie werden ihr Kind schon bald genug zur Welt bringen, und wir haben sowieso Nachtdienst. Ich will Sie mal untersuchen, für alle Fälle.«

Sie nahm mich mit in das Behandlungszimmer und schaute behutsam nach, ob sich bei mir etwas geöffnet hatte.

»Merkwürdig«, sagte sie, »keinerlei Erweiterung, aber Sie sagen, Sie haben schon ein paar Wehen gehabt?«

»Na ja, zwei vielleicht«, sagte ich. Genau in dem Augenblick kam die dritte. Sie krampfte stärker, ebbte aber auch schneller ab.

»Möchten Sie ein bißchen schlafen? Sie brauchen Ihre Kraft für später«, sagte Erin, die kaum ein Gähnen unterdrücken konnte.

Aber ich hatte Angst davor, einzunicken. Für mich lag eine grauenhafte Einsamkeit im Schlaf, immer schon, und heute, heute nacht konnte ich mir das erst recht nicht vorstellen. So schnell ich konnte, stand ich wieder auf und tat so, als wäre ich überhaupt nicht müde.

»Gehen ist gut für Sie«, sagte Eileen, und wir nahmen unsere Runden durch die Station wieder auf, diesmal von Erin begleitet.

»Erzählen Sie uns noch ein bißchen von diesem blutrünstigen viktorianischen Zeugs, das *liebe* ich!« sagte sie, etwas zu laut. »Ich sehe diese gezierten Ladies in ihren vornehmen Kleidern geradezu vor mir. Stellt Euch vor: eine Herzogin in ihrer Kutsche, unterwegs zu einer Abendeinladung, und plötzlich gibt sie dem Kutscher Anweisung umzukehren: sie hat ihren SCHWAMM vergessen!«

Selbst Eileen war von dieser Szene amüsiert. Das ermutigte Erin, ein paar Schritte vorauszulaufen, sich zu uns umzudrehen und die zweite Strophe der »Berge von Mourne« vorzutragen:

Ich glaube, du wolltest mich gern danach fragen,
was feinere Damen in London so tragen.
Das Ballkleid von heut, ob du's glaubst oder nicht,
ist komplett ohne Oberteil, also ganz schlicht.
...
Aber du wirst dich, Mary McRee, doch bedeckt
halten, dort wo der Mourne sich zum Meer hin erstreckt.

»Ich glaube kaum, daß Mary McRee von dem Schwamm gewußt hätte«, sagte ich.

»Wer ist Mary McRee?« fragte Eileen.

»Nur ein Name«, lachte Erin. »Nur ein Name für ein beliebiges irisches Mädchen in der Heimat. Hab ich recht?«

Ich sagte, ja, mehr oder weniger. Und fügte hinzu: »Abgesehen davon, daß Tausende von Marys am Ende ihren Familien nach England oder Amerika hinterherfuhren. Oft zogen sie auf eigene Faust los, meistens als Hausmädchen.«

»Ja, ich weiß. So wäre es auch uns ergangen, wenn wir damals gelebt hätten«, sagte Erin. Plötzlich klang sie fast traurig.

Ich war das Gehen leid und schlug vor, uns wieder hinzusetzen – das schien den beiden sehr recht zu sein –, und da ich mich irgendwie dafür verantwortlich fühlte, sie zu unterhalten, beschloß ich, ihnen von dem faszinierendsten Fall zu erzählen, den ich je für Michael Farmer recherchiert hatte. Das war die Geschichte von Mary O'Shea, der blutjungen Braut, die ihren Mann zwei Wochen nach der Hochzeit ermordet hatte. Nun schenkten mir meine beiden Hebammen ihre ungeteilte Aufmerksamkeit.

Die Magie, das wußte ich, lag in den Worten »junge Braut« und »Mord«. Das hatte ich selbst so empfunden, als ich zum allerersten Mal in einer alten viktorianischen Kladde in der British Library darüber gestolpert war.

Michael Farmer zeigte sich übrigens niemals ernsthaft neugierig, was die Einzelheiten dieses Falles betraf. Er hatte mich nur darauf angesetzt, jegliches nichtliterarische Dokument aus dem wahren Leben der Frauen im viktorianischen England auszugraben; besonders interessiert war er an offiziellen Papieren und Briefen. Ich weiß noch, wie ich geduldig an einem der Eichenholzschreibtische wartete und die Reihen aus krummen Schultern und in tiefer Konzentration gebeugten Köpfen betrachtete. Die friedliche Stimmung im Lesesaal ließ mich über das relativ angenehme Leben nachdenken, das ich führte, in Anbetracht der Tatsache, daß ich mich, womöglich für immer und ewig, zur Leibeigenen eines Mannes gemacht hatte, der Besseres zu tun hatte, als über mich nachzudenken, schon gar in seiner Freizeit. Natürlich liebte ich ihn, aber ich haßte ihn auch leidenschaftlich dafür, daß er ein freier Mensch war – was ich nie würde sein können. Ich spintisierte herum, was wohl passieren würde, wenn seine Frau plötzlich eines natürlichen Todes stürbe oder bei einem kleinen, aber tödlichen Unfall; würde er sich endlich mir zuwenden, oder würde ich weiterhin am äußersten Rand seines wohlgeordneten Daseins leben und ihm folgen, wo immer er hinging? Manchmal konnte ich genau so denken und fast auch reden wie eine Figur eines billigen viktorianischen Liebesromans. Ich konnte mich richtig in die Vorstellung hineinsteigern, *keine andere Wahl* im Leben zu haben, als *meinem Schicksal zu gehorchen*, das bestimmt war durch das leidenschaftliche Interesse eines Mannes an meinem wogenden Busen, meinen blassen Wangen und meinem glühenden, wahrscheinlich nicht besonders wohlduftenden Körper, den unzählige Schichten aus Samt, Satin oder Seide einzwängten und begruben.

Die Bibliothekarin nahte mit einem kleinen Stapel Bücher und Akten und der Information, daß es sich bei einem der Manuskripte, die ich bestellt hatte, um eine brüchige Kladde handelte, die nur in einem abgetrennten Raum im oberen Stockwerk eingesehen werden konnte. Es war die von einem Unbekannten zusammengestellte Faktensammlung über den Fall einer Mary O'Shea: Zeitungsausschnitte, Gedichte, Lieder. Der erste Ausschnitt war die Einladung an die Öffentlichkeit, Marys Hinrichtung beizuwohnen. Das Mädchen, »in seinem achtzehnten Jahr«, sollte in einem Londoner Gefängnis »öffentlich stranguliert« werden, und zwar »von dem HENKER, dem Großen Morallehrer, der ihr zuerst die Arme seitlich an den Leib binden und ein Seil um den Hals schlingen wird, um sodann das Gerüst unter ihr wegzuschlagen, und sollte durch den Schlag nicht das Genick der elenden Verurteilten gebrochen werden, so wird sich besagter MORALLEHRER an die Beine des niederträchtigen Mädchens hängen, bis er sie durch sein Gewicht und seine Körperkraft STRANGULIERT hat«. Der Eintritt zu dieser »GROSSEN MORALISCHEN DARBIETUNG zur Belehrung des christlichen Volkes« war frei. So geschehen im Jahre 1851.

Es muß wohl der verschleierte sexuelle Sadismus der Ankündigung gewesen sein, getarnt als Lektion in religiöser Rechtschaffenheit, der auf der Stelle meine Sympathien mit der jungen Mörderin wachrief: das Publikum als tugendhafter Voyeur, dem der Anblick von Mary O'Sheas passiver Unterwerfung unter ihren Henker im Handumdrehen moralische und, da war ich mir sicher, sexuelle Orgasmen bescherte.

Ich las weiter, um herauszufinden, was für ein Verbrechen sie begangen hatte, um eine solch grausige Bestrafung zu verdienen, und entdeckte, daß Mary beschuldigt worden war, ihren Ehemann Peter O'Shea zwei Wochen nach der Hochzeit ermordet zu haben, indem sie einen Kloß mit Arsen vergiftete.

Wieder stellte ich fest, daß ich mich ohne deutlichen Grund mit ihr identifizierte. Und damit war ich nicht allein; nachdem sie verurteilt worden war, zirkulierten Petitionen, Unterschriften wurden gesammelt, um zu appellieren, daß ihr Leben verschont bleiben möge, aufgrund ihres Geschlechts und Alters. Frauen unterschrieben eine gesonderte Petition an Queen Victoria, in der Hoffnung auf die Gnade der Königin. Abgewiesen.

Zum allgemeinen Erstaunen war Mary außergewöhnlich gefaßt bei der Hinrichtung. Sie empfing ihr letztes Sakrament ganz ruhig und trat ungestützt festen Schrittes zum Galgen. Die Menge war »vom Donner gerührt«, vor allen Dingen, als sie in ihren letzten Lebensmomenten einen verblüffend entschlossenen Blick über die versammelten Menschen – Männer, Frauen und Kinder – schweifen ließ. Entschlossen oder herausfordernd? Ich konnte es nicht herausfinden. Doch je mehr ich über den Fall las, desto mehr kam er mir vor wie ein köstliches, ungelöstes Rätsel. Nicht wie ein Detektivroman, mehr wie ein enigmatisches Zusammentreffen von Umständen, die, könnte man sie erklären, etwas Licht brächten in … Ich war mir auch nicht sicher, in was eigentlich, aber ich hatte das Gefühl, daß in Marys kurzem Leben eine eigentümliche Bedeutung für mein eigenes lag.

Ihr Sterben war grauenvoll. Sie kämpfte lange und unter großem Leiden, bis es endlich vorüber war. Die Menge war entsetzt und rief »Schande, Schande!« und »Mord, Mord!«

»Ob die Mütter wohl die Augen ihrer Kinder bedeckten, so wie wir es heute tun, wenn sie Gewalt oder Sex im Fernsehen sehen?« fragte Eileen.

Wir drei saßen ziemlich lange schweigend da. Ich konnte nicht erraten, was sie dachten; Erin schaute träumerisch drein, etwas aufgewühlt und entrückt. Eileen schien langsam zu verdauen, was ich ihnen erzählt hatte. Schließlich fragte sie mich nach etwas, das ich mir selbst oft überlegt hatte: Warum so viel Sympathie? Schließlich war Mary O'Shea eine kaltblütige Killerin.

»Wer war sie überhaupt?« wollte Erin wissen.

»Gute Frage. Die Kladde lieferte nur bruchstückhafte Informationen über Mary O'Shea, genau wie die Zeitungen der damaligen Zeit. Sie war weder berühmt noch reich, nicht einmal Mittelklasse. Sie war ein armes irisches Bauernmädchen, das aus einem kleinen Dorf in Ulster nach London gekommen war wie so viele andere. Vermutlich wollte sie dem Hunger, der Armut, der Hoffnungslosigkeit entkommen. Oder sie folgte einfach dem neuen Weg der Auswanderung, der Veränderung. Ich weiß es nicht. Ihr ältester Bruder war als erster gegangen und arbeitete als Tagelöhner in Liverpool. Als er nach London zog, wo er einen besseren Lohn bekommen konnte, folgte ihm der Rest der Familie nach. Mary war eines von sieben Kindern. Ihr jüngster Bruder, der achtjährige Patrick, war der Hauptzeuge beim Prozeß.«

Ich beschrieb, wie sie alle in einem Raum gelebt hatten, in einer schmalen Gasse in Whitechapel, gemeinsam mit einer anderen Familie. Nach meinen Berechnungen wohnten sie zu fünfzehnt in diesem Zimmer, Kinder aller Altersstufen, dazu eine sterbende Großmutter und zwei schwerkranke Kleinkinder. Die Frauen mühten sich sehr, alles sauber zu halten, aber das muß eine unmögliche

Aufgabe gewesen sein. Es gab kaum Licht, die Gasse stank nach Kloake, barfüßige, verdreckte Kinder rannten überall herum, während manche Mütter aus baufälligen Türen oder Fenstern ihnen zusahen. An trockenen Tagen standen schäbige Schuhe auf dem Pflaster aufgereiht.

Mary und die anderen hatten Glück, sie mußte diese neue Armut nicht lange ertragen. Sie fand eine Stellung als Hausmädchen bei einer englischen Familie in Bury St. Edmunds. Damals war sie sechzehn Jahre alt.

»Okay, ich weiß, was als nächstes kam«, unterbrach Eileen. »Sie wurde von ihrem Herrn verführt.«

Ich antwortete nicht.

»Na?« beharrte sie.

»Ehrlich gesagt, ich weiß es nicht. Kein Mensch weiß, was genau passierte, während sie dort in Diensten war. Aber rein statistisch ist das ein sehr wahrscheinliches Szenario.«

Ehrlich gesagt war ich selbst zu demselben Schluß gekommen. Nach allem, was man lesen konnte, war Mary ein »hübsches Mädchen vom Lande« mit hellem Haar, großen blauen Augen, schmalem Gesicht und schlanker Figur. Ich stellte mir folgende Szene vor: Ihr Herr, der Beamte Jeremiah Ward, betritt sein Schlafzimmer und findet sie über sein Bett gebeugt vor, während sie die Schleifen an einem frisch bezogenen Kissen zubindet. Sie spürt seine Arme um ihre Taille und seinen Atem im Nacken. Sie erstarrt und ist erregt. Aber ist sie wirklich überrascht? Nein. Denn sie hat damit gerechnet, vom ersten Tag an.

»Sie glauben also, sie hätte ihn ermutigt?« wisperte Erin.

Ich konnte mir Erin gut als Mary vorstellen, und ich wußte, sie hätte sich gewünscht, daß es zu diesem Erlebnis kam, sie hätte davon geträumt, bis es Wirklichkeit wurde. Genau wie ich bei Michael Farmer...

»Wie soll ich das beantworten?« sagte ich. »Aber nach allem, was ich weiß, habe ich schon den Eindruck, daß sie ihn mochte. Vielleicht liebte sie ihn sogar. Warum hätte sie sonst den Wunsch gehabt, ihn nach ihrer Hochzeit zu besuchen?«

»*Was* hat sie??« Erin wirkte äußerst angeregt durch diese unerwartete neue Information.

»Mary war zwei Jahre lang bei den Wards in Diensten«, erklärte ich. »Gegen Ende ihres zweiten Jahres besuchte sie ihre Familie über Weihnachten, und Peter O'Shea, den sie seit ihrer Kindheit kannte – sie stammten aus demselben Dorf in Irland, und er war eng mit ihrem älteren Bruder befreundet –, hielt um ihre Hand an. Marys Eltern drängten sie, schnell ja zu sagen; Peter war ein guter, verläßlicher junger Mann, ein Bahnarbeiter wie ihr Bruder. Das bedeutete aber auch, nach der Hochzeit mit ihrem neuen Mann zu ihrer Familie zurückzuziehen.

Mary willigte ein, bat aber darum, die Wards vor der Hochzeit noch einmal besuchen zu dürfen. Peter war es offenbar lieber, wenn sie es nicht tat, und er schlug vor, sie solle doch nach der Hochzeit fahren. Wovor hatte er Angst? Wußte er Bescheid? Gab es etwas zu wissen? Ich kann nur sagen, die Hochzeit fand statt, und alles schien in Ordnung zu sein. Dann, etwa eine Woche nach ihrer Hochzeit, reiste Mary nach Bury St. Edmunds, wie sie es sich gewünscht hatte. Diesmal wohnte sie nicht bei den

Wards, sondern bei einer Tante, die in der Nähe lebte. Manche behaupteten, nach diesem Besuch sei sie wie verwandelt gewesen. In sich gekehrt, matt. Nicht daß sie jemals ein besonders lebhaftes Mädchen gewesen wäre – sie hatte schon immer etwas Schweres, Ernsthaftes ausgestrahlt. (Vielleicht war sie also eher wie eine junge Eileen gewesen, dachte ich, nicht wie eine junge Erin.) Doch nun wirkte sie belastet, ja, traurig. Eine Woche später servierte sie Peter sein übliches Abendessen – Klöße, Brot, Tee. Ihm wurde furchtbar übel, und er klagte über schlimmes Sodbrennen. Mary und ihre Mutter gaben ihm etwas Brandy, glaube ich, in der Hoffnung, das würde helfen, aber es nützte nichts. Er starb in den frühen Morgenstunden. Die Öffnung der Leiche ergab innere Blutungen, und es hieß auch, er sei an der einheimischen Cholera gestorben. Keiner hegte irgendeinen Verdacht, daß er vergiftet worden war, bis zwei Hunde starben, die etwas von dem Abfallhaufen gefressen hatten, wo Marys Mutter die Schüssel ausgeleert hatte, in die Peter sich erbrochen hatte. Daraufhin wurde die Leiche exhumiert, und es ergab sich Arsenvergiftung als Todesursache im Falle Peter O'Shea. Marys kleiner Bruder hatte sie beim Kochen und Servieren des Essens beobachtet, und sie leugnete ihre Schuld auch gar nicht. Sie legte ein schriftliches Geständnis ab, das erst nach ihrem Tod veröffentlicht werden durfte.«

»Was steht in dem Geständnis?« fragte Erin atemlos.

»Nur die technischen Einzelheiten ihrer Tat«, sagte ich. »Sie erläutert, wie sie das Gift in der Drogerie von Mr. H. Wilkinson in Bury St. Edmunds bei ihrem letzten Besuch dort gekauft hat. Dieser kannte sie gut, da Mrs. Ward Mary oft zu ihm geschickt hatte, wenn sie etwas brauchte. Keiner hatte sie beeinflußt, es zu tun; sie hatte allein gehandelt. Sie konnte sich nicht über ihren Ehemann beklagen; sie hatte ihn einfach nie geliebt und sich gewünscht, wieder als Dienstmädchen arbeiten zu können. ›Ich möchte nicht mehr leben‹, schrieb sie, ›denn ich könnte auf dieser Welt niemals glücklich sein; ... ich hoffe, wenn ich aufrichtig Buße tue für meine Sünden, ... werde ich schließlich in den Himmel kommen.‹

Während sie im Gefängnis saß, schwieg sie über das Motiv ihres Verbrechens. Ihr Priester besuchte sie regelmäßig, doch sie vertraute sich weder ihm noch ihrer Mutter an. Als ihr Körper nach der Hinrichtung abgenommen wurde, fand man in den Falten ihres Kleides eine Nachricht an ihre Mutter, die sie heimlich im Gefängnis hingekritzelt hatte. Darin stand nur, mit etwas liebevolleren Worten, was sie auch in ihrem Geständnis gesagt hatte: daß sie froh sei zu sterben. Daß sie ihr Leben in London gehaßt habe. Daß ihre Familie und auch ihr Mann sie gut behandelt hätten – aber was heißt das schon, wenn sie alle eine niedrigere Existenz als die niedrigsten Kreaturen führen mußten. ›In London sehe ich nie den Mond oder die Sonne‹, hatte sie geschrieben. ›Unser irischer Mond war wie ein Weihnachtsplätzchen am Himmel.‹ Sie habe nichts, worauf sie sich freuen könne, nur weitere Schinderei, Hunger, Krankheit, Tod und Dreck. Und so, teilte sie ihrer Mutter in ihrer kindlichen Handschrift und in einfachen Worten mit, hoffe sie, in den Himmel zu kommen, befreit von diesem Leben.

Und das«, sagte ich, »hat mich mehr als alles andere an diesem Fall interessiert. Ich meine die Tatsache, daß Mary O'Shea, wenn sie über das, was sie getan hatte, nachdenken wollte, als einziges Instrument die Religion zur Verfügung stand. Dasselbe gilt für die öffentliche Meinung, die Geschworenen, den Richter, die Presse, ihre Familie, ihren Henker – und natürlich ihren Priester. Heute gibt es so viel mehr Schichten zwischen dem, was mit uns geschieht, und dem, wie wir es interpretieren. Wir haben die Psychologie, die Psychoanalyse, die Psychiatrie, die Genetik. Da eröffnen sich lauter Möglichkeiten, etwa daß ein junges, entwurzeltes Mädchen wie Mary, das unter schrecklichen Bedingungen leben mußte, mißbraucht wurde, unter suizidalen Depressionen litt, schizophren war – alles Mögliche, nur kein schlichtes ›schuldig‹.«

»Wow, Sie sind aber echt auf die Sache eingestiegen«, sagte Erin. »Sie haben total viel darüber nachgedacht.«

Vielleicht wollte sie damit sagen, daß sie von dieser Geschichte jetzt wirklich genug hatte, aber ich war noch nicht fertig. Ich hatte meine Gedanken über Marys Fall noch nie mit jemandem besprochen und wollte unbedingt erfahren, was Eileen und Erin davon hielten.

»Wie findet ihr folgendes?« sagte ich leise, zögernd. »Während Mary bei den Wards arbeitete, entdeckte sie die Freuden des Sex, mit Mr. Ward. Vielleicht behandelte er sie als Dienstmädchen nicht besonders – schließlich war sie bloß ein irisches Mädchen, das Drecksarbeit erledigte –, war aber als Liebhaber gar nicht übel, da er eine Menge Erfahrung hatte. Denn bevor er Mrs. Ward heiratete, wer auch immer die war, hatte er viele andere Affären gehabt, vielleicht mit anderen Dienstmädchen. Jedenfalls machte er seine Sache ganz gut. Und so führten sie eine neue Gewohnheit ein: An den Tagen, wenn sie bei ihm die Bettwäsche wechselte, machte er sie noch einmal schmutzig, mit ihr. Von ihrem Liebesakt blieben keine Spuren, die wurden von dem großen Bündel Wäsche verschluckt, das Mary nachher die Treppe hinuntertrug. Und dann wird sie mit einem Mann verheiratet, der sie vielleicht liebt, aber ein ungeschlachter, grober Liebhaber ist. Nach den ersten paar Nächten mit ihm ist ihr schon der Gedanke daran zuwider. Sie fährt nach Bury zurück, um Jeremiah Ward zu erzählen, wie unglücklich sie ist. Er schafft es, sie noch einmal zu verführen, und schlägt ihr vor, sie könnte ihren Mann doch aus dem Weg räumen und wieder in seine Dienste zurückkehren – im Scherz natürlich. Aber Mary ist ganz besessen von der Idee; sie sucht sich eine Kirche, um zu beten – nicht ihre eigene, katholische, sondern St. Mary's, von der anglikanischen Kirche, denn die liegt näher bei der Drogerie am Stadtplatz, wo sie gleich das Arsen kaufen wird. Sie schaut zu den heiteren, hölzernen Engeln hoch, die die dunkle Holzdecke stützen, und denkt: Ganz gleich, was geschieht, bald bin ich, wo sie sind. Der Tod hat in diesem Augenblick etwas Beruhigendes für sie, von welcher Seite sie es auch betrachtet. Der Tod ist nichts Abschließendes für sie. Sondern ein Übergang. Wie ... wie ein Nachhausekommen.«

Erin war während meines Vortrags tatsächlich eingenickt, aber Eileen schaltete sich ein, sobald ich ihr eine Chance dazu ließ: »Sie haben aber eine sehr lebhafte Phantasie, meine Liebe. Haben Sie je daran gedacht, daß Ihre

Mary vielleicht von diesem abstoßenden Mr. Ward vergewaltigt worden oder sogar schwanger war und nicht wollte, daß ihr Mann es erfuhr? Ich habe selbst schon viele solcher Fälle gesehen, wissen Sie. Oder«, fügte sie schnell hinzu, bevor ich reagieren konnte, »daß sie einfach ein böser Mensch war?«

»Was bedeutet böse denn eigentlich?« sagte ich. »Wie unterscheidet es sich von durch und durch verkorkst?«

Erin schlug plötzlich ihre Augen auf. »Haben Sie je herausgefunden, wem die Kladde gehörte? Einem Mann oder einer Frau? Das wüßte ich wirklich gern!«

Das war offenbar der Augenblick, als ich ohnmächtig wurde. Nicht lange, aber lange genug, daß meine Hebammen einen Schreck bekamen und mich ins Bett steckten. Wie das klang: »meine Hebammen«, ich liebte es. Es war süß, es stand für Sicherheit, für Geborgenheit. Und ich hatte ein unglaubliches Glück, daß ich sie ganz für mich allein hatte. Ich wäre eifersüchtig gewesen, wenn ich sie mit anderen Müttern in spe hätte teilen müssen.

Eine Weile ließen sie mich allein. Ich lag auf der Seite, wie von Eileen angewiesen. Dann bemerkte ich ein hölzernes Kruzifix über der Tür. Kein sehr großes, aber groß genug, um mich daran zu erinnern, daß ich ziemlich bald ganz schön viel zu beten haben würde. Und danach eine große Beichte. Witzig nur, daß ich gar keine Lust hatte, mit einem Priester zu reden. Ich hatte Lust, mit Eileen zu reden. Über Michael Farmer und das Baby.

»Emma«, sagte Eileen sanft, »hier ist Dr. Fitzgerald. Sie kennen ihn schon. Keine Angst, er möchte Ihnen nur ein paar Fragen stellen.«

Dr. Fitzgeralds Stimme war nicht ganz so sanft wie Eileens, als er mich fragte, wie ich es geschafft hätte, das Krankenhaus reinzulegen, und warum.

Ich versuchte, verblüfft dreinzuschauen, aber als mich Erin umarmte und flüsterte, Kommen Sie, erzählen Sie's uns, alles wird gut, da brach ich zusammen. Die erste Frage war leicht zu beantworten: Ich hatte ärztliche Untersuchungen vermieden, indem ich keinen festen Wohnsitz angab. Der erste Arzt, zu dem ich gegangen war, nachdem die Farmers nach England abgereist waren und ich meine Stelle bei ihm verloren hatte, glaubte mir ganz einfach, als ich sagte, meine Periode sei ausgeblieben und der Schwangerschaftstest positiv ausgefallen. Mit dieser Information in meinen Akten zog ich nun umher und genoß meine Symptome: Ich aß für zwei, und mein Bauch wuchs mit erstaunlicher Geschwindigkeit. Ich litt unter morgendlicher Übelkeit, lechzte nach sauren Gurken und Eiskrem, ich kaufte wunderschöne Schwangerschaftskleider und Babysachen. Ich las alle Bücher zum Thema und identifizierte mich mit allem, was drinstand. Ich weinte vor Freude, als ich spürte, wie sich das Baby bewegte, genau wie es sollte – wie ein kleiner Schmetterling, der in meinem Bauch herumflatterte und darauf wartete, herauszukommen. Tief drinnen wußte ich wohl, daß dies eine Scheinschwangerschaft war, aber sie fühlte sich nicht unwirklich an. Ich glaubte ganz ernsthaft, daß ich eines Tages Michael Farmers Baby auf die Welt bringen würde.

Nur die zweite Frage – warum ich es getan hatte –, die konnte ich überhaupt nicht beantworten.

New York atmen

Sasha wurde klar, daß ihr Sohn, obwohl er fast fünfzehn Jahre alt war, noch nie von Karl Marx gehört hatte. Oder »Portnoys Beschwerden« gelesen hatte. Sie wußte, sie hatte einen mächtigen Gegner zu bekämpfen – die hirnlose, pulsierende Popkultur der Neunziger –, aber sie beschloß, ganz gleich, welche anderen Dinge sie ihrem Ältesten nicht vererben durfte, in dieser Hinsicht würde sie seinen Widerstand durchbrechen und ihm die Augen dafür öffnen, daß es ein paar großartige Bücher gab.

Karl Marx war ein Beinahe-Reinfall, aber nicht ganz. Jon weigerte sich regelrecht, ihn zu lesen – »Zu viele Seiten ohne Dialog, Mum« –, zeigte sich aber von dem Slogan »Religion ist Opium für das Volk« überaus beeindruckt. »Das hat er echt gesagt? Voll in Ordnung. Böse.« Und er nahm den Satz, wenn nicht sogar den Gedanken mit in sein Zimmer, wo er und seine Freunde versuchten, ihn in einen Rapsong zu verwandeln, auf »für das Volk« reimten sie »Scheiß-Erfolg« und begleiteten das Ganze mit einer rhythmischen Kette explosiver Furzgeräusche. Ihr Gelächter, laut und rüpelhaft und schon sehr männlich, erschütterte das Haus, erschütterte die Welt und gab ihr das Gefühl, uralt zu sein, wie ein Vulkan, der noch nie ausgebrochen ist.

Dabei *war* sie ausgebrochen, und zwar nicht nur einmal, sondern zweimal. Zum erstenmal mit zwanzig, als sie beschloß, niemals Kinder zu kriegen, sondern lieber viele Männer. Manhattan war kaum groß genug für ihre ausgelassene Promiskuität. Denn Jahr um fröhliches Jahr machte sie aus Freunden Liebhaber und dann wieder Freunde – um Platz für neue Liebhaber zu schaffen. Da gab es diejenigen, mit denen sie ständig redete – unter anderem über Marx und »Portnoys Beschwerden« –, und andere, die sie aufregend fand, weil sie aus anderen Welten kamen, die sie nicht kannte und deren Sprache sie nicht konnte – der mexikanische Gärtner ihrer Eltern, Taxifahrer aller Nationalitäten, sogar ab und zu ein 100% amerikanischer Pizzabote. Sie dachte über Literatur und Philosophie nach und schlief mit Männern, ohne nachzudenken. Jedes neue Abenteuer verstärkte ihr Gefühl, alles im Griff zu haben, und sie wurde ganz abhängig von Onenight-stands, genau wie eine zwanghafte Hausfrau vom ständigen Frühjahrsputz.

Ihre braven Eltern, sicher eingebettet in Westchester, begrüßten ihre Fortschritte im Studium und lobten ihre »beeindruckende persönliche Entwicklung« (wie ihr Vater gewichtig verkündete) von der finsteren, unerschütterlichen Gymnasiastin, an die sie sich erinnerten und die sie nie verstanden hatten, zu der neuen Sasha. Aber ihre sprudelnde Lebhaftigkeit hatte mehr mit ihrem erdbebenartigen Liebesleben zu tun als mit den Scheinen, die sie an der Uni machte. Sie war berauscht von ihrer flatterhaften Freiheit, begeistert von ihrem kecken Selbstbewußtsein, ja, verliebt in ihre eigene schlaksige Schönheit. In jenen hitzigen Tagen betrachtete sie oft ihr nacktes Spiegelbild, den Schweiß und Samen eines Mannes noch auf ihrer Haut, und lächelte sich in trunkener Wonne zu: Das Leben war ein Kinderspiel. Hätte sie bloß ihre Vorstadtjugend nicht in solch lähmendem Ernst vergeudet.

Und dann lief ihr Jack über den Weg, der äußerst attraktive, stille Nachbar. Sie versuchte, ihre gelegentlichen, schweigenden Begegnungen im Fahrstuhl oder Wäscheraum zu nutzen und ihn in flirtendes Geplänkel zu ziehen – vergeblich. Er schien sie nicht zu sehen. In seiner Gegenwart fühlte sie sich wie ein Geist, der versucht, sich den Lebenden bemerkbar zu machen. Bald verlor sie das Interesse an allen anderen Männern und konzentrierte sich ganz auf den einen Mann, den sie offenkundig *nicht* kriegen konnte. Schritt für Schritt, schmerzvoll verlor sie ihre Verspieltheit. Die ernsthafte Sasha kehrte zurück. Sie war hoffnungslos verliebt in einen merkwürdigen Mann, der ihre Existenz nicht zur Kenntnis nahm.

Glaubte sie jedenfalls. In Wirklichkeit war Jack gar nicht so seltsam. Er war Engländer. Ein Journalist mit einem schwierigen Auftrag – für ein britisches Sonntagsmagazin aus New York zu berichten, ohne die peinliche Tatsache zuzugeben, daß er die Stadt, über die er schrieb, liebte und die heimischen Lande ziemlich gründlich verabscheute. Seine Zeitung erwartete eine antiamerikanische Haltung von ihm, bezogen auf die amerikanische Armut und Gewalt, die Plattheit der amerikanischen Kultur und die amerikanischen Welteroberungsgelüste. Jacks Artikel sollten zeigen, wie faul der Big Apple in seinem Innersten war. Er machte seine Arbeit bewundernswert gut – heimlich aber schrieb er andere Texte, die er in einer verschlossenen Schreibtischschublade aufbewahrte wie ein osteuropäischer Samisdat-Schriftsteller. Er wußte, diese geheimen Essays waren ziemlich großartig, viel besser als alles, was er je veröffentlicht hatte. Sie handelten von kleinen Dingen, fügten sich aber zusammen zu einer leidenschaftlichen Hommage an New York, an Amerika. Er schrieb darüber, wie aufgewühlt er sich in der Grand Central Station gefühlt hatte, als ein Streichquartett, bestehend aus schwarzen Musikern, Bach und Mozart gespielt und der ganze Bahnhof innegehalten und geklatscht hatte. Der Applaus kam überall her, sogar vom »Balkon« – den Warteräumen unter der Decke. Er schrieb über die jugendlichen Breakdancer auf den Straßen, lange bevor Breakdance zu einem eingeführten Produkt der weltweiten Popkultur wurde. Er schrieb über zwei ältere Frauen in der U-Bahn, mit verwelkenden Blumensträußen in der Hand, die sie soeben in den Vorstadtgärten ihrer Töchter abgeschnitten hatten, und sie unterhielten sich über ihre gelegentlichen Besuche im Haus der Töchter, das sich für sie, die Mütter, nicht wie ein Zuhause anfühlte.

Er schrieb auch darüber, wie er am Ende des Tages nicht einschlafen konnte, weil die Stadt immer hellwach war und den Gesetzen der Natur nicht zu folgen schien. Jack stammte aus einem kleinen Dorf in Devon und fühlte sich gern im Einklang mit dem natürlichen Rhythmus von Tagesanbruch und Sonnenuntergang. Er mochte es, sich den verschiedenen Launen der Jahreszeiten hinzugeben, den Hochs und Tiefs einer Winter- oder Sommersonnenwende. Das ständige Summen und Lärmen von New Yorks hyperaktiven Straßen bezahlte er mit furchtbarer Schlaflosigkeit, die seine ganze Energie schluckte und ihn in eine Art Zombie verwandelte.

Sashas Wahrnehmung von Jacks Gleichgültigkeit ihr gegenüber war nicht ganz zutreffend. Es stimmte nämlich nicht, daß er sie nicht sah oder ihre Schönheit nicht bemerkte. Das tat er sehr wohl. Aber er war zu müde, nicht zu blasiert, um sich darum zu kümmern. Er verbrachte seine Tage und Nächte damit, durch New York zu laufen, New York zu *atmen*, und wenn er in sein Wohnhaus im East Village zurückkehrte, befand er sich meist in einem angenehmen, dösigen Zustand wohlverdienter Erschöpfung.

Zurück in seiner stickigen Einzimmerwohnung, riß er sich schnell die Kleider vom Leib und sprang unter die Dusche. Im Sommer trocknete er sich gar nicht erst ab und fiel naß in das grundsätzlich ungemachte Bett, in der Hoffnung, sofort einzuschlafen. Doch nach einer Stunde Hin und Her, die sich mehr wie eine Minute anfühlte, war er wieder hellwach und blieb es bis zum Morgen. Dann setzte er sich an seinen Schreibtisch, schweißüberströmt, und schrieb einen weiteren Tribut – für die Schublade – an die Stadt, die ihn langsam umbrachte.

Sasha beschloß, etwas zu unternehmen. Diesen Mann würde sie treffen, zumindest einmal. Sie hatte einen radikalen Plan, genauer gesagt, die exakte Kopie des Vorgehens ihrer russischen Großmutter, die auf diese Weise den zurückhaltenden Mann, der später Sashas Großvater werden sollte, erobert hatte. Vor ein paar Generationen, in einer anderen Kultur, hatte es funktioniert, warum also nicht hier und heute?

Der Plan basierte darauf, den Hausmeister zu bitten, Mr. Jack Fitzherbert aus Wohnung 7a zu informieren, daß Miss Alexandra (Sasha) Goldstein aus Wohnung 11c einige Kleidungsstücke aus Mr. Herberts Wäsche im Keller gefunden habe, und ob er bitte so freundlich sein wolle, diese *heute abend zwischen zehn und elf Uhr* bei ihr abzuholen. Jack war zwar nicht aufgefallen, daß er irgendwelche Kleider verloren hatte, aber er dankte dem Hausmeister und klopfte am selben Abend an Sashas Tür. »Es ist offen!« sagte sie und versuchte, sehr sachlich zu klingen. Er zögerte, dann stieß er die Tür auf und fand eine sehr hübsche, sehr nackte Frau vor, die sich auf der Wohnzimmercouch räkelte, ihrem Bett. Er fand sie vertraut und einladend genug, um genauso zu reagieren wie Sashas Großvater damals auf ihre Großmutter. Beide Frauen übrigens setzten sich irgendwann nach ausgedehntem, glorreichem Liebesspiel im Bett auf, ein breites Lächeln auf ihrem jungen Gesicht, und dachten: »So, das war das.«

Allerdings. Jack konnte keinen Tag mehr ohne Sasha leben, die ganz unbeabsichtigt sein Schlaflosigkeitsproblem gelöst hatte. Aber er entdeckte auch, daß sie viel gemeinsam und viel Gesprächsstoff hatten. Jetzt mußte er nicht mehr allein durch New York ziehen. Sasha zeigte ihm Clubs und versteckte Ecken, die selbst er noch nicht gesehen hatte, und stellte ihm ihre marxistischen Boheme-Freunde vor. Sie nahm ihn mit zu ihren Eltern in die Vorstadt, wo sie ihn als den »Mann von unten«

ankündigte. Das war ohnehin ganz gut, denn ein paar Monate später endete Jacks Korrespondentenzeit, und er mußte zurück nach London. Er flehte Sasha an, ihn zu heiraten und mit ihm nach London zu gehen. Er brauchte sie, um seine Verbindung zu New York zu halten, so wie James Joyce sein tragbares Irland in Gestalt seiner Frau Nora dabei hatte, ganz gleich, wo er lebte. Also zogen sie nach London, und immer wenn sie sich liebten, stellte sich Jack vor, er würde gerade all die New Yorker Frauen vögeln, deren Gesichter und Körper er verzweifelt vor dem Vergessen zu bewahren suchte.

Sashas Liebe zu ihm schwand dahin, zuerst ganz langsam, dann blitzschnell, als er sich immer mehr in die höfliche, förmliche Hülle eines Mannes zurückzog. In seiner Zeitung wurde er ein Lohnschreiber und berichtete vor allem über Autos und Lifestyle. Seine New Yorker Essays lagen vergessen in einer besonders unaufgeräumten Schublade seines Schreibtisches.

Sashas erstes Jahr in London ähnelte ein bißchen Jacks Liebesgeschichte mit New York. Sie wanderte durch die Stadt, Bus-Hüpfen nannte sie das, wobei sie in unvertrauten Gegenden landete und fand, London könnte eigentlich genausoviel Wind machen wie New York, würde es aber irgendwie nicht schaffen. Sie fand Arbeit als Forschungsassistentin bei einem Politikwissenschaftler an der London School of Economics, mußte aber aufhören, weil ihre erste Schwangerschaft ein Alptraum war. Die meiste Zeit mußte sie im Bett bleiben, deshalb las sie alles, was sie in die Finger bekam, mehrmals sogar – darunter Jacks heimliche Texte. Das einzige

Thema, das sie bei ihrer Lektüre ebenso ausklammerte wie in ihren Gedanken, war die Tatsache, daß sie ein Kind erwartete.

Als das Baby, ein Junge, schließlich auf die Welt kam, wesentlich weniger traumatisch, als Sasha gedacht hatte, machte sie die verblüffende Entdeckung, daß sie ihm keinen Namen geben wollte. Anders ausgedrückt, sie war nicht willens, einen Namen aus dem, was ihr wie ein Wirbel möglicher Identitäten vorkam, auszusuchen. Dem Kind einen Namen zu geben hieße, ihm einen Charakter zuzuschreiben, es in einen Kontext zu stellen, seine Existenz als Wesen anzuerkennen und ihre neue Rolle im Leben. Ist ja immer noch *mein* Leben, dachte sie und starrte die geballten Fäuste ihres Sohnes an. Sie hatte sechs Wochen Zeit, sich zu entscheiden, so verlangten es die Gesetze des Landes, und sie würde sich Zeit lassen.

Jack machte das wahnsinnig, aber er versuchte, seine Ungeduld hinter einem Schutzschild steinerner Selbstbeherrschung zu verstecken. Er schlug zwei Namen vor: einen jüdischen, um Sashas Herkunft zu ehren, und einen englischen, um seine eigene zu ehren. Samuel (Spitzname Sam) und Julius (ohne Spitznamen).

»Blödsinn«, sagte Sasha. »Nur über meine Leiche.«

»Na schön, mein Schatz, was schlägst du denn vor?«

Sie haßte es, wenn er sie »mein Schatz« nannte. Das war seine Art und Weise, sich über ihre beginnende Verrücktheit lustig zu machen.

»Weiß noch nicht. Wir haben doch Zeit.«

Aber Wochen vergingen, und die lähmende Suche nach einem Namen ging weiter. Sie richteten abends nicht mehr das Wort aneinander, außer um Namen auszurufen, die sie sich den Tag über ausgedacht hatten.

»Cyrus.«

»Tadeusz.«

»Nicholas.«

»Daniel.«

»Peter.«

»Shmuel.«

Nach einer Weile erkannte Sasha das Muster hinter ihrer Unentschiedenheit wieder. Es war dieselbe Kraft, die sie zur Promiskuität getrieben hatte, zu dem Bedürfnis, jeden gutaussehenden Mann zu vögeln, den sie in die Finger kriegen konnte. Sich für nur einen zu entscheiden hieß, sich festzulegen, sich zu verpflichten und die unverzeihliche Sünde familiärer Langeweile zu begehen. Und nun saß sie in genau dieser Falle. Zumindest konnte sie sich auflehnen, indem sie dem armen Kind einen Namen verweigerte. Soll es sich doch selber einen Namen aussuchen, wenn es erwachsen wird.

Als sie das sagte, hörte Jack auf, in stiller Wut zu kochen, und haute ihr eine runter. Dann starrte er ungläubig seine Hand an und brach in Tränen aus, wie das Baby, das sich schon vor Hunger die Seele aus dem Leib schrie.

Plötzlich hing Seligkeit in der Luft. Sasha erwiderte den Klaps sanft und wurde mit einemmal wieder zu einer relativ normalen Version ihrer selbst. Sie nahm das violettgesichtige Baby hoch, und während er an ihrer großen dunklen Brustwarze zu saugen begann, schaukelte sie im Lehnstuhl vor und zurück und dachte nach. Dann sagte sie: »Ich weiß. Wir nennen ihn Ninel.«

»Ninel?? Was soll das denn für ein Name sein?«

»Na ja. Lenin rückwärts. Um meine Vorfahren zu ehren.«

Sie stritten sich, ganz leise, um das Baby nicht zu stören. Am nächsten Morgen waren die sechs Wochen um. Übrigens auch das Verbot des postnatalen Geschlechtsverkehrs.

Wie sich herausstellte, war »Ninel« keine legal erlaubte Möglichkeit. Es gab den Namen einfach nicht, versicherte der freundliche Beamte, den sie aufsuchten, um den Namen ihres Sohnes registrieren zu lassen. Auf keiner der vorliegenden Namenslisten, auch nicht auf den vielen »ethnischen«. Als zweiten Namen durften sie ihn nehmen, aber nicht als ersten Rufnamen des Kindes. Also, wie sollte es nun heißen?

Jack schaute seine Frau verzweifelt an. Er hatte diesen »Weißt du was, Liebling, mir ist es piepegal«-Blick, auf der Kippe dazu, in etwas Dramatischeres überzugehen.

»Jonathan«, sagte Sasha, ohne ihn zu fragen. »Einfach Jonathan.«

Mit dieser Namengebung begann ihre Einführung in ein Leben, wie es von Hunderten von Generationen gelebt worden war. Schritt für Schritt lernte sie, im Hintergrund zu verschwinden, während ihre Kinder die Oberhand gewannen. Wenn sie versuchte, ihnen zu erklären, wie wenig sie wußten, lachten sie. Wenn sie versuchte, sie davon zu überzeugen, daß ihre Eltern beide wirklich lebendig gewesen seien, bevor sie auch nur daran gedacht hätten, Eltern oder Geliebte zu werden, lachten und kicherten sie und gingen aus dem Zimmer. Sie hatten nicht ganz unrecht.

Doch plötzlich, während sie zuhörte, wie ihr Sohn sich Marx musikalisch aneignete, reichte es ihr. Sie stürmte hinaus und rannte in den nächsten Buchladen. Zum Glück hatte er drei Exemplare von »Portnoys Beschwerden« auf Lager. Sie kaufte sie alle, raste die zwei belaubten Straßen zu ihrem Haus zurück und die zwei Treppen hoch in Jons Zimmer. Seine Freunde waren immer noch da und experimentierten mit einem neuen, hämmernden Sound herum. Sie tat so, als hörte sie es nicht, obwohl ihr eigentlich gut gefiel, wie das durch ihren Kopf und ihren Körper pulsierte, und gab jedem von ihnen ein Exemplar des Buches.

Wenn er erst einmal Roth gelesen hatte, würde Jon die New Yorker Essays seines Vaters von ihr bekommen, die sie unter Tränen abgetippt hatte, als Jack gestorben war, nach der Geburt ihres zweiten Kindes. Und dann konnten sie miteinander reden.

Schlecht geschrieben

Als ich das letzte Mal in der U-Bahn überfallen wurde, sagte der Kerl: Zieh ihn runter, zieh ihn runter. Aber ich konnte nicht, obwohl meine Hände so verschwitzt waren, daß ich überall auf meinem grauen Seidenrock Flecken hinterließ, als ich versuchte, den Ring zwischen meinen Knien und unter meinen Schenkeln zu verbergen. Er sah ihn sofort, als ich nach meinen Ohrringen griff. Es war mir egal, ob er die nahm. Mir war alles egal, ich wollte nur noch, daß es endlich vorbei war, daß er endlich, beladen mit den Sachen anderer Menschen, diesen Zug verließ, und tschüß.

Aber der Ring wollte nicht abgehen, weil ich nicht mehr dieselbe war wie damals, als ich geheiratet hatte. Und damit meine ich nicht nur mein Gewicht. Mit zweiundzwanzig war ich sonnengebräunt, unbesiegbar dumm und fest entschlossen, den älteren Mann meiner besten Freundin zu heiraten, die im Sterben lag. Nun, mit zweiundvierzig, bin ich übermäßig rubenesk, bleich trotz des New Yorker Hochsommers und nach einhelliger allgemeiner Meinung jemand, mit dem man reden kann. Den Mann habe ich tatsächlich gekriegt, er geht auf die Sechzig zu, und wenn ich meinen Hund nicht hätte, wäre ich der einsamste Mensch der Welt.

Es ist ein auffälliger Ring, auf seine dramatisch weiß- und gelbgoldene Art. James hatte darauf bestanden, daß ich ihn trug. Zwei Bräute, ein Ring. Das Komische war, Diana wußte davon und hatte nichts dagegen. Sie zog ihn sogar selbst von ihrem bleistiftdünnen, fast durchsichtigen Finger, als sie ihn immer öfter bei der kleinsten Bewegung zwischen ihren Laken verlor (und ihre Bewegungen wurden immer kleiner). Diana war zweiundzwanzig, als sie starb. Wäre sie am Leben geblieben, hätte ich James nie geheiratet.

Es begann mit der kleinen Postkarte, die Diana mir aus New York schickte. Wir hatten uns nicht mehr gesehen seit jener letzten gemeinsamen Zigarette im Schüler-Raucherzimmer unseres Gymnasiums in Hamburg, kurz vor der Abiturprüfung. Das war in den freien Siebzigern, und wir genossen besondere Raucherprivilegien an der Schule. Diana rauchte Gitanes, starkes Zeug, und sah ein bißchen wie eine unfertige Ausgabe von Lauren Bacall aus. Sie hatte Stil und eine Menge Pläne, die alle damit zu tun hatten, in New York zu leben und absolut und total frei zu sein. Sie haßte ihre sehr freundlichen, sehr förmlichen Eltern, die sich allem Anschein nach auch gegenseitig haßten. Sie sagte, sie wollte von Millionen aggressiver, heißblütiger Fremder umgeben sein. Daher New York.

Auf der Postkarte stand nur: »Liebe Paula, James (mein Mann) bezahlt Dein Flugticket und auch alles andere, wenn Du herkommst und den Sommer mit uns verbringst. Ruf mich per R-Gespräch an. *Bitte* ruf an. Diana«

Ich hatte nicht mal gewußt, daß sie verheiratet war. Damals waren wir beide erst einundzwanzig. Ich rief tatsächlich an. James hatte eine freundliche und förmliche Stimme – nicht viel anders als ihre Eltern, nur eben auf englisch. Diana sei sehr krank und brauche Freundeshilfe »von zu Hause«. Nein, nicht ihre Eltern. Sie würde nur nach mir fragen und sagen, ich sei der einzige Mensch, den sie um sich haben könne. Ob ich kommen würde?

Ich hatte gerade irgendeinen unbestimmten Job bei einer örtlichen Regenbogenzeitung erwogen, nichts Aufregendes. So was von der Sorte »Sprungbrett«. Ein Sommer Abwesenheit schien nichts auszumachen, meiner Mutter und meinem Stiefvater war's egal, also stimmte ich zu.

James Painter (der Dritte, wie sich herausstellte) war ein wohlhabender, eckiger Mann, sehr groß und höflich und eiskalt. Die Geschichte ihres Kennenlernens und der darauffolgenden Heirat war süß und banal. Diana war eine ungeschickte Kellnerin auf einem eleganten Hochzeitsbankett in Connecticut, James der Trauzeuge. Kellnerin schüttet Rotwein auf bestes Hemd des Trauzeugen. Trauzeuge hört verlockenden deutschen Akzent aus Entschuldigung der Kellnerin heraus. Diana nimmt Lunch-Einladung in der City an, noch ein Lunch, ein Abendessen oder zwei. Schläft ab und zu mit James, parallel dazu mit anderen Männern – ihr war immer egal gewesen, mit wem sie schlief. Er aber will sie heiraten, findet sie statuesk, nordisch und beeindruckend reserviert. Ist ihr alles recht. Es gibt eine Hochzeit (bei der sie bemerkt, wie er eine junge schwedische Kellnerin beäugt). Aus Diana wird Mrs. Painter und wenig mehr. Ganz kurz darauf bekommt sie ihre Diagnose: Lungenkrebs.

Da komme ich ins Spiel. Ihr Haus in Greenwich war für mich ein Märchenschloß mit seinen wunderschön arrangierten, kaum bewohnten Räumen, egal wo man hinschaute. Kein Lärm, kein Geräusch, abgesehen von gelegentlichen leisen, gemessenen Gesprächen zwischen James und Diana und einer Menge Brahms. Aus irgendeinem Grund war James Brahms-Liebhaber.

Das veränderte sich mit meiner Ankunft. Diana wollte wieder sie selbst sein, zumindest solange sie die Kraft dazu hatte. Sie bat mich darum, Parties zu organisieren (sie hatte ein paar Freunde aus der Zeit vor ihrer Hochzeit), im Haus, auf dem Rasen, am Pool, in verschiedenen Zimmern ... Wir packten die leeren Räume voll mit gräßlichen Fremden, lauter, hämmernder Funk-Musik, Essensresten und leeren Flaschen, schmutziger Bettwäsche und seltsam zueinander passenden Gerüchen und Düften. Diana diktierte alles, ich führte nur aus, und es machte mir einen Mordsspaß. Sie wollte nicht aufhören zu rauchen, selbst als es ihr immer schlechter ging. Ich bedrängte sie deshalb nicht. Das war das erste Mal, daß ich etwas wirklich Niederträchtiges tat.

James wurde ein teilnahmsloser Beobachter der ganzen Szene, er war stets höflich zu den Gästen, aber offensichtlich quälte ihn das alles. Bis er anfing, die Parties zu seinem eigenen Vorteil zu nutzen und für Drogen von guter Qualität und bestimmte, dazu passende Frauen zu sorgen. Diese Frauen in sein und Dianas Schlafzimmer mitzunehmen, egal ob sie gerade da war oder nicht. Dann nahm er andere Frauen dorthin mit, Freundinnen von Diana. Und dann, eines Tages, mich.

Ich wußte, daß Diana das Manöver bemerkt hatte, und erinnere mich noch an die fast unmerkliche Andeutung eines wohlwollenden Lächelns um ihre müden Augen. Sie nickte sozusagen in meine Richtung, sah mir direkt ins Gesicht, nicht James. Es fühlte sich an wie ein sehr merkwürdiger und etwas übelkeiterregender Stempel ihrer Billigung. Als wollte sie sagen: Na gut, ich sterbe. Tritt doch einfach an meine Stelle, wenn ich weg bin.

Na gut, ich lüge. Der ganze vorige Absatz ist eine Lüge. Ich bin wirklich mit James ins Schlafzimmer gegangen, aber Diana hat uns nicht gesehen. Und wenn sie uns gesehen hätte, wäre sie nicht damit einverstanden gewesen. Als sie mir ein paar Monate später ihren Ring gab, tat sie das nicht, damit ich ihren Mann heiratete, nachdem sie tot war. Es sollte zur Erinnerung an sie sein.

James hat mich praktisch vergewaltigt. Nein, ich lüge schon wieder. Als er die Tür schloß und mich sanft auf ihr fein säuberlich gemachtes Bett zuschob, war ich so erregt und scharf, daß ich so tun mußte, als wäre ich vollkommen passiv, ohne eigenen Willen. Ich mußte so tun, als wäre es unwirklich. Als wäre ich nicht wirklich dort, nicht an dieser abstoßenden Situation beteiligt. Dabei war ich beteiligt, und wie. Bei manchen Männern stellt sich bei der Berührung heraus, daß sie wesentlich heißer sind, als man vermutet hätte. Und ich war, nebenbei bemerkt, technisch immer noch eine Jungfrau.

Warum kann ich die Geschichte nicht erzählen, ohne zu lügen? James hat niemals versucht, mich zu berühren, während Diana noch lebte. Es war alles mein Werk. Ich konnte diese ganzen arroganten, rotäugigen Weiber nicht leiden, die er in ihr Schlafzimmer schleppte. Ich hatte ja keine Ansprüche an ihn; er war Dianas Mann, und ich war nur da, um ihr ein paar Monate lang Gesellschaft zu leisten. Aus denen irgendwie ein ganzes Jahr wurde.

Diana und ich hatten eine etwas ungewöhnliche Beziehung. Wir wußten so ziemlich alles voneinander, unter anderem auch, was jede von den Brüsten der anderen hielt, aber wir redeten gar nicht so viel miteinander. Schweigende Partner beim Rauchen. Zu irgendeinem Zeitpunkt unserer Jugend wurde uns plötzlich die Gegenwart der anderen scharf bewußt. Von diesem Tag an hingen wir aneinander, auch wenn wir nicht am selben Ort waren. Liebe würde ich das aber nicht nennen. Im nachhinein nicht einmal Freundschaft. Man kann parallele Leben führen, ohne den Titel »Freunde« zu verdienen.

In New York fand ich eine abgemagerte, aber nicht freudlose Diana vor. Es war ihr ziemlich egal, daß sie sterben mußte, verkündete sie trocken, sobald wir allein waren. Sie hatte eine mystische Ader in sich entdeckt und war absolut davon überzeugt, daß sie in einem anderen Leben noch einmal von vorn anfangen konnte. Mit Eltern, die nicht so tun mußten, als wären sie Engländer, jedesmal, wenn sie Deutschland verließen.

Die Parties sollten eine Art Lärmschutzwand zwischen ihrem Bewußtsein und der Außenwelt bilden. Ihr Krebs war schon viel zu weit fortgeschritten, um noch behandelt zu werden, und deshalb konnten wir nichts anderes tun, als abzuwarten. Ich dachte, sie wolle vielleicht reden, aber von wegen. Fast über Nacht hatte sie mehrere Jahrzehnte in ihr ungelebtes Leben hinein übersprungen und war zu einer Art strahlender Schönheit im mittleren Alter geworden, die inmitten einer ziemlich surrealen Meute Hof hielt. Als sie in ihrem eigenen Bett starb, ein Jahr nach meiner Ankunft, drückte sie nicht mal meine Hand.

Nach der Beerdigung – nur James, ein paar Freunde und ich – kehrte ich in das Haus zurück, um zu packen. James stand in der Tür und betrachtete mich.

Dann sagte er: »Ein letzter Fick.«

Er lutschte an meinem Finger, mit Dianas Ring. Er ließ mich lauter Dinge auf deutsch sagen. Er hatte immer einen Vorrat Koks für mich. Irgendwann heiratete er mich, und dann, als wir nach Chelsea zogen, kaufte er mir meinen ersten Hund. Es war ein dunkelbrauner Boxer, und heute habe ich seinen Doppelgänger. Jetzt, wo James in seinem Arbeitszimmer schläft, teilen Freddy und ich uns das große Bett.

Ich warte immer darauf, daß diese Geschichte anfängt, von mir zu handeln. Wirklich von mir zu handeln. Aber vielleicht war das nie so und wird auch nie so sein.

Nach Dianas Tod faßte ich den bewußten Entschluß, sie zu vergessen. Ich dachte, das wäre nur vernünftig. Aber alles erinnerte mich unablässig an sie. Ihre Kleider. Ihr Geschirr. Ihr Ring. Ihr Mann.

James war so kalt zu mir wie zum Rest der Welt. Gelegentlich konnte ich seine Aufmerksamkeit erregen, dann fiel er über mich her. Aber nicht oft. Deshalb kaufte er mir auch den Hund.

Anfangs war das Koks gut für mich. Es half mir, den Tag zu überstehen, und es brachte mich zum Schreiben. James wußte das. Er wußte auch, daß mein Englisch noch schlechter war als Dianas. Deshalb erklärte er sich nach meinen ersten zwei Jahren in New York bereit, mir ein paar äußerst teure Sprachkurse zu bezahlen. Aber ich lernte mehr, wenn ich mit Freddys Vorgänger rausging und jeden Tag mit denselben Leuten sprach.

Dann schickte er mich auf einen Kurs in Kreativem Schreiben, zu einem kleinen, fetten Typen namens Joshua Engel. Engel fand meinen Stil »wunderbar verstümmelt«. Er sagte, ich sollte die meisten Dialoge rausschmeißen. Ich hatte keine Ahnung, was er meinte, tat aber wie geheißen. Als ich eine Geschichte über James und Diana schrieb, veröffentlichte Engel sie in einer seiner Anthologien.

Zu meiner großen Überraschung war James erfreut. Er mochte sie. Er richtete mir ein richtiges Arbeitszimmer ein, mit einem richtigen viktorianischen Schreibtisch, einer dunkelgrünen Schreibtischlampe und einem Porträt seines streng dreinschauenden Urgroßvaters direkt darüber. Der Schreibtisch hatte eine Glasoberfläche, perfekt für mein kleines Laster. Er erwartete von mir, daß ich weiterschrieb, bis ich einen ganzen Erzählband zusammenhatte, über Diana, über ihn und Diana. Nicht über mich.

Er lud Engel eines Abends zum Essen ein. Ich saß still da, während die beiden über mein Schreiben redeten, was laut Engel immer verstümmelter wurde, also auch immer besser zu veröffentlichen. Er sagte, einige seiner anderen Studenten begännen, meinen Stil zu imitieren. Die zerhackte Art meiner Sätze, sagte Engel, rühre offenkundig von meinem interessant ausländischen Gebrauch des Englischen her. James war nicht seiner Meinung. Er fand, es komme von meinem Mangel an konzentrierter Intelligenz. Koks erwähnte er nicht.

Mein Schreiben erfüllte einen unerwarteten sekundären und sehr nützlichen Zweck. Als ich meine Texte wieder las, sah ich plötzlich ein Bild von James, das ein Bild von Diana war, welches ein Bild von mir war. Der Stil war nicht verstümmelt, sondern nur grottenschlecht, Engel war ein Idiot. Aber das galt nicht für das Porträt des dreiköpfigen Ungeheuers, das mit der Zeit aus meinen Anstrengungen erwuchs – James, der perverse Vertilger junger ausländischer Frauen, Diana, die selbstzerstörerische Phantom-Sirene, und ich: die ichbezogene, hyperaktive Drogensüchtige, Gattenräuberin und kalte Schriftstellerin in einer verstümmelten fremden Sprache.

Dann entdeckte ich eines Tages eine einigermaßen akzeptable Widerspiegelung von New York in einer meiner Geschichten. Nichts Aufsehenerregendes, nichts, was nach einem Soundtrack geschrien hätte, bloß ein kleiner Absatz über einen U-Bahn-Räuber. Ich behielt ihn im Text, bis er sich real anfühlte, und experimentierte zum ersten Mal mit ein bißchen Dialog herum. Oder vielmehr Monolog, denn der Räuber redete, ohne eine Antwort zu erwarten. Zieh ihn runter, zieh ihn runter, sagte er. Ich tat so, als würde ich mit dem Ring kämpfen (meine Finger waren dünner als Dianas), dann kriegte er ihn. Einfach so.

Unbewacht

»Und, wie hast du dir das gedacht mit deiner Entjungferung?« fragt mein Vater beiläufig. Vielleicht hat er auch gesagt »dich entjungfern zu lassen«, das weiß ich nicht so genau. Dann geht der Traum in irgendwas Alltägliches über, etwa einen zügigen Gang durch eine menschenleere Vorstadtstraße. Dann kommt gar nichts mehr.

Ich habe keinen Vater. Meine Geburt war die Folge eines zufälligen Augenblicks der Leidenschaft zwischen meiner neunzehnjährigen Mutter, die einen Sommer als ausländische Freiwillige in einem Kibbuz in der israelischen Negev-Wüste verbrachte, und einem ebenfalls neunzehnjährigen israelischen Soldaten, der in einer kühlen, trockenen Augustnacht zufällig am Tor Wachdienst hatte. Seine Pflicht beinhaltete einen Rundgang zwischen den flachen Kibbuzgebäuden. Um drei Uhr morgens saß meine Mutter zufällig am Fenster, splitternackt, atmete die frische Wüstenluft und dachte angewidert an ihren Rückflug nach New York am nächsten Abend. In dieser Nacht war der Kibbuz etwa zehn Minuten lang unbewacht.

Eine andere Variante. Meine Mutter wurde nach allen Regeln der Kunst verführt, und zwar von Tom Diaco, einem engen Freund ihrer Eltern, auf einem seiner regelmäßigen Sommerbesuche in ihrem Cottage auf Shelter Island. Mrs. Diaco und meine Großeltern spielten bis tief in die Nacht auf der Veranda Karten. Tom Diaco, selbst kinderlos, haßte Kartenspiele und unterhielt sich liebend gern mit meiner Mutter (oder jedem anderen, der ihm freiwillig zuhörte) über seine Schriftstellerei (zwei Krimis der Spitzenklasse und fünf elend schlechte Romane). Meine Mutter fühlte sich durch sein Interesse an ihrer Meinung geschmeichelt und störte sich nicht an seinem betrunkenen Gegrapsche nach ihrem Körper, der ein Eigenleben zu entwickeln schien. Während er sie heimlich, still und leise in ihrem Zimmerchen hinter der Küche beschlief, bekämpfte sie ihre Gefühle, Erregung und Ekel zu gleichen Teilen, indem sie sich vorstellte, sie sei eine seiner Figuren. (Die Szene schaffte es auch tatsächlich in den dritten Krimi, nachdem Diacos Agent fand, es müßte noch etwas mehr Sex hinein.)

Beide Begegnungen kann man flüchtig und zufällig nennen, fast als hätte es sie nicht gegeben. Phantasien beinahe. Der ältere Mann hatte meiner Mutter versichert, er sei unfruchtbar (und habe deshalb keine Kinder), und sich ihr nie wieder mit sexuellen Absichten genähert oder etwas zu dem Vorfall geäußert (außer indem er darüber schrieb). Mit dem israelischen Soldaten hatte sie höchstens zehn Worte gewechselt, in rudimentärem Englisch; sie hatte seinen Namen erfahren (Tal), sein Alter und die Tatsache, daß er in einem Tag den Kibbuz verlassen würde. Sie sah ihn nie wieder. Sie würde ihn auch nicht wiedererkennen, wenn sie ihm begegnete; sie kann sich an sein Aussehen nicht erinnern, weiß nicht mal mehr, ob er blond oder dunkel war. Er war, sagt sie, nur ein greifbares Symbol für den unwirklichen Sommer, der hinter ihr lag. Als schliefe sie mit einem Geist. Sicherheitsvorkehrungen schienen da nicht vonnöten zu sein.

Der zeitliche Abstand zwischen den beiden Zufallsaffären betrug genau drei Tage. Bei ihrer Ankunft aus Israel wurde meine Mutter von ihren Eltern in JFK abgeholt und direkt in das Sommerhäuschen gefahren statt in ihr Haus in New Rochelle. Diaco und seine Frau waren schon dort. Meine Mutter war zwar nicht schön, aber erfüllt von der Sonne des Nahen Ostens und möglicherweise auch bereits vom Samen des Nahen Ostens, und so konnte ein Mann im mittleren Alter, der sie seit ihrer Kindheit kannte, sie schwerlich übersehen. Seine Unfruchtbarkeit wurde allerdings zunehmend fragwürdig, als er zwei Jahre später seine Frau verließ, um seine junge Sekretärin zu heiraten, die innerhalb von fünf Jahren einen Sohn und zwei Töchter zur Welt brachte. Mein Großvater hat immer noch Kontakt zu Toms erster Frau, aber nicht mit ihm, während meine Großmutter sich weigert, die alte Mrs. Diaco zu sehen, aber regelmäßig mit Tom und seiner neuen Familie zu tun hat.

Wenn ich davon ausgehe, daß jeder dieser beiden Männer mein Vater sein könnte, ist mir die israelische Variante lieber. Tal war und ist eine Variable. Ein Rätsel, was seine Gene, seinen Charakter, seine politische Haltung, sein Verhältnis zum Schöngeistigen, sein Verhältnis zu Gott, sein Temperament, seinen Geschmack bei Essen und Kleidern und den Klang seiner Stimme betrifft. Oder seine finanzielle Lage. Womöglich verpasse ich eine

Menge Dinge, weil ich nicht weiß, wer er ist. Andererseits habe ich vielleicht ein Riesenglück. Mal angenommen, er wäre Idiot. Ein Familientyrann. Ein Kindesmißhandler. Ein Schwachkopf. Ein arbeitsloser Computerexperte oder ein verkrachter Künstler. Ein furchtbar unsicheres, unterlegenes Wesen. Oder ein Mann mit einem Bulldozer-Ego. Vielleicht in einem Krieg gefallen (seit ich geboren wurde, hat es mindestens zwei gegeben). All das ist mir egal. Was ihn betrifft, bin ich frei, für immer.

Heute ist Tom Diaco ein drahtiger Mann in den Sechzigern, sieht aber jünger aus. Er schreibt keine literarischen Romane mehr oder veröffentlicht sie jedenfalls nicht, hat aber über die Jahre ein Vermögen mit seinen Krimis verdient, die die tödlichere Seite des Lebens in den amerikanischen Vorstädten beschreiben. Obwohl er ein entgleister Italiener ist, sieht er ziemlich semitisch aus. Sitzt in Talk-Shows und hängt mit der Schickeria in Manhattan rum. Ab und zu treffe ich ihn bei meiner Großmutter (meine Großeltern haben sich vor ein paar Jahren scheiden lassen). Er ist freundlich, auf ausweichende Art. Wenn ich einen energischen, egozentrischen, eleganten Vater bräuchte, mit nützlichen Verbindungen in der literarischen Unterwelt, dann wäre er perfekt. Brauch ich aber nicht. Ich brauche keinen Vater.

Im Traum hat er nie ein Gesicht. Wie ein sprechender Schatten oder so was. Er steigt mit einer unverschämten Frage ein, wie zum Beispiel nach meiner Jungfräulichkeit, und wenn ich nicht antworte, verblaßt er einfach, wie ein ausgeblendeter Videoclip. Aber wenn ich was sage, irgendwas, dann geht der Traum weiter, so lange, wie wir brauchen, um uns auszusprechen. Ich warte gerne ab, bis er dieselbe Frage zum zweiten- oder drittenmal stellt, was mir genug Zeit gibt, darüber nachzudenken (ich hoffe, er weiß nicht, was ich denke, wenn ich nicht träume).

»Irgendwelche Vorschläge?«

»Also, da gibt es mehrere Möglichkeiten. Du könntest herumexperimentieren wie deine Mutter. Du könntest es als ein Projekt ansehen, das du bis zu oder an deinem achtzehnten Geburtstag vollendet hast.«

»Neunzehnten.«

»Hm. Oder du könntest auf die Liebe warten. Weißt du, die große Liebe.«

»Oder ich könnte es einfach bleibenlassen. Ich meine, für immer.«

»Zölibat?«

»Genau.«

»Wieso denn? Du bist ein Mensch. Du hast Bedürfnisse.«

»Die unterdrücke ich eben. Und leite sie um in etwas Kreatives. Ich kann doch einfach … na, du weißt schon.«

»Das kannst du mir nicht antun. Meine Enkel haben ein Recht, geboren zu werden.«

»Deine WAS? Wer bist du überhaupt?«

»Dein Vater«, seufzt er, und wir verabschieden uns erst einmal.

Ich finde, das alles ergibt einen Sinn, deshalb schreibe ich es auf. Ich zeige es meiner Mutter. Sie fängt an zu weinen. Meine coole, verkopfte, analytische Mutter. Ich starre sie nur an und warte, daß sie endlich damit aufhört. Normalerweise macht sie das nicht, wenn ich dabei bin. Normalerweise versuchen wir, solche Augenblicke alleine zu überwinden.

»Ist doch bloß ein Scheiß-Traum«, sage ich. »Ist das so wichtig?«

Sie schaut hoch, und plötzlich wird mir klar, wie jung sie ist. Jung, stark und allein – abgesehen von mir. Meine Geburt hat ihr Studium und ihre Pläne, Psychologin zu werden, eigentlich gar nicht beeinträchtigt (meine Großeltern haben viel geholfen). Sie ist durch die ganze Mühsal hindurchgesegelt (durch ihr Leben und meines), ohne je aus dem Tritt zu kommen. Liebevoll und gekonnt hat sie mich gelenkt, und nun stehen wir da, zwei Erwachsene, die durch geheimnisvolle Umstände in einem Boot sitzen. Eigentlich hat es mir nie viel ausgemacht, anders als die anderen zu sein. Meine Mutter habe ich immer als meine eigene Privatzauberin gesehen. Zauberer weinen nicht. Sie ... zeigen bloß ihre Tricks.

Wahrscheinlich weint sie, weil sie durch den Traum an die Liebe denken mußte. Vielleicht tut es ihr leid, daß bei meiner Zeugung keine Liebe im Spiel war. Dabei finde ich, das stimmt gar nicht. Es war Liebe dabei, auch wenn sie nur einen Augenblick gedauert hat, wie jede Zeugung. Meine Eltern – komischer Gedanke – waren nur zwei Körper in der Dunkelheit, die sich paarten, ohne jeden Grund. Aber die Anziehungskraft muß unglaublich stark gewesen sein, wenn sie ganz vergessen haben, an Verhütung zu denken. Ich kann es mir nur so vorstellen, daß zwei Menschen einander in einer vollkommen natürlichen, ursprünglichen Weise empfunden haben. Womit Diaco freilich ziemlich draußen wäre. Bitte, lieber Gott.

Mit ihrer Stimme umarmt sie mich, als sie ihre Tränen heruntorschluckt und sagt: »Ich hab versucht, ihn zu finden. Meine Eltern haben mich damals dazu gezwungen. Es hat nichts gebracht. Wenn du jemals nach Israel fährst, könnte jeder Mann in meinem Alter, der Tal heißt, er sein.« Sie zögert. »Ich würde an deiner Stelle nicht nach ihm suchen.«

»Hatte ich gar nicht vor. Ich habe andere Pläne.«

»Ach ja? Was denn?«

Ich weiß nicht, wie ich's ihr sagen soll. Die Antwort hat eine Menge mit wahnsinnig viel ungebremster, ursprünglicher Liebe zu tun. Mit einem Unterschied: Ich werde keine Kinder zeugen, denen ich höchstens in ihren Träumen begegnen kann.

Die Brüder Gladstone

Die Brüder Gladstone, Simon und Dave, trafen sich jeden Freitagmorgen im BODY-2000-Fitneßcenter in Covent Garden, zum Wettschwimmen, um sich gegenseitig beim Squash oder Tennis fertigzumachen oder um ihr Verhältnis von Muskeln zu Fett zu vergleichen und über die vergangene Woche in ihren jeweiligen ehelichen Betten zu prahlen. Das Geprahle fand normalerweise in der Sauna oder im Whirlpool statt, und falls andere Leute dabei waren, schalteten Simon und Dave mühelos auf eine einfache Geheimsprache um. Für einen nicht informierten Zuhörer klang das dann wie die Beschreibung eines langsamen, exquisiten Diners in einem schicken Restaurant (Simon) oder eines hastigen Essens am Kiosk um die Ecke (Dave).

Ihr verbissenes Konkurrenzgehabe war etwas ungewöhnlich für eineiige Zwillinge – das hatten sie jedenfalls immer von unzähligen besorgten Verwandten und Freunden gehört. Dabei waren Dave und Simon keine eifersüchtigen Rivalen. Sie maßen ihre Stärken und Schwächen eher aus spielerischer, zärtlicher Neugierde miteinander. Wenn sie den Körper des anderen im Fitneßstudio betrachteten, fühlte es sich an, als schauten sie liebevoll in einen leicht verzerrenden Spiegel. Und das hatten sie seit früher Kindheit so gemacht; es bestand kein echter Unterschied zwischen dem heutigen frenetischen Wettschwimmen in dem luxuriösen, nierenförmigen Becken unter üppigen tropischen Pflanzen und dem Ringkampf auf dem schmuddeligen Linoleumboden in der engen Küche ihrer Eltern in Streatham, als sie kleine Jungen waren. Abgesehen davon, daß sie damals Glattstein mit Nachnamen hießen.

»Na, Glück gehabt letzte Woche?« fragte Dave, als er einen Eimer Wasser auf die zischenden Steine kippte. Die Sauna war inzwischen nahezu unerträglich heiß, aber auch das gehörte zu ihrem Wettstreit: Wer würde es länger aushalten? Sie troffen beide vor duftendem Schweiß. Der natürliche Körpergeruch der Brüder Gladstone war überraschend süß, fast wie bei einem Baby, überraschend in Anbetracht ihrer kräftigen Statur.

Simons Reaktion war ein säuerliches Lächeln. Nein, um die Wahrheit zu sagen, es war ihm nicht gelungen, Julie auch nur den Gedanken an Sex näherzubringen; andererseits war es erst Freitag, und vielleicht sah die Sache am Wochenende anders aus. Er hatte nicht vor, Dave davon zu erzählen, weil er es gar nicht mußte. Sie wußten immer mehr oder weniger, was der andere dachte.

»So schlimm, wie«, sagte Dave mit selbstgefälligem, diabolischem Grienen. »Valerie dagegen ...«

»Whirlpool?« Simon stand auf und ließ sein Handtuch fallen.

»Whirlpool«, echote Dave und machte seine Geste nach.

Das war ein Ritual. Der erste, der in der atemberaubenden Hitze der Holzkabine seine Nacktheit entblößte, erklärte sich damit zum Verlierer. Doch heute legte Simon tiefste Resignation an den Tag. Das fühlte sich nicht wie ein Spiel an, dachte Dave.

Im Whirlpool waren sie nicht allein. Eine porentief gebräunte, untersetzte Frau und ein hagerer Teenager – vermutlich Mutter und Tochter – saßen zwischen Dave und Simon und schnatterten aufgeregt in gleichbleibend schrillem Ton. Die indigofarben lackierten Zehennägel der älteren Frau, die knapp aus dem grünen Wasser herauslugten, erinnerten Simon an Julies Füße: braun und rosa, verhätschelt und immer eiskalt. Ein klassisches Symptom schlechter Durchblutung, was auch kein Wunder war, dachte er, Julie war unbeweglich geworden, wie eine Sphinx, beinahe stumm. Nicht ganz, was er vor Jahren eingekauft hatte, als er jenen Whisky in dem komischen tschechischen Flugzeug bestellte und sie ihn mit strahlendem Lächeln und elektrisierendem Hüftschwung brachte.

Simon und Dave hatten ihre Ehefrauen aus Osteuropa importiert, wo sie nach der Welle der postkommunistischen Revolutionen öfters auf Dienstreise hingeflogen waren. Julie und Valerie waren beide Tschechinnen, was endlich einmal eine Art Gleichstand zwischen den Brüdern hätte andeuten können. Doch Simons »Trophäe« war in jeder Hinsicht der seines Zwillingsbruders überlegen, denn Julie war tatsächlich schwarz. Eine waschechte tschechische Schwarze: ihr Vater, ein Amerikaner, hatte Prag in den sechziger Jahren besucht, als Sänger bei einem Gastspiel von *Porgy und Bess*. Ihre Mutter, damals eine

junge Maskenbildnerin, sah ihn während der zwei Monate, die das Ensemble in Prag auftrat, jeden Tag und danach
nie wieder. Über die Jahre hatte sie ein paar Briefe von
ihm bekommen, sogar Geld. Doch er war verheiratet,
hatte fünf weitere Kinder und eine in Scherben liegende
Showbiz-Karriere. So hatte Julies Mutter sie allein erzo-
gen und versucht, sie vor den ständigen rassistischen Wit-
zeleien und Beschimpfungen zu schützen. Sie erzählte
Julie, die wahrscheinlich das einzige schwarze Kind in
ganz Prag war, ihr Vater sei der Hauptdarsteller des Musi-
cals gewesen, nicht nur ein kleines Chormitglied. Sie
ermutigte sie, allen zu sagen, sie sei Amerikanerin, und
bezahlte einen teuren Englischlehrer. Julie erbte die gute
Singstimme ihres Vaters, hatte aber nicht genug Selbstbewußtsein und nicht das Bedürfnis, aufzutreten. Das einzige, was sie wollte, war sich vor der Welt zu verstecken,
unsichtbar zu werden. Die Arbeit als Stewardeß bei einer
Fluggesellschaft war keine schlechte Wahl: von Land zu
Land zu fliegen kam ihrem Bedürfnis, in einer Art Nie-
mandsland zu leben, entgegen. Sie hatte die Phantasie,
eines Tages ihrem Vater über den Weg zu laufen oder ihn
gar in New York aufzusuchen.

Anstelle ihres Vaters fand sie Simon, einen schweig-
samen britischen Fernsehmanager auf dem Heimweg von
Prag nach London. Er war groß, dunkel und fast gutaus-
sehend. Sie trafen sich ziemlich oft in beiden Städten, und
alles fühlte sich richtig an. Es hatte ein paar verkrampfte
Situationen gegeben, als sie einmal mit Simons Zwillings-
bruder ausgingen, der aussah wie er, aber redete wie eine
nicht jugendfreie Ausgabe seines Bruders. Einmal fragte

Dave Simon, als Julie dabei war: »Wie ist das eigentlich, Schokolade zu ficken?« Das war selbst für Daves Verhältnisse ziemlich plump, und er war nicht richtig überrascht, als sie ihm so kräftig eine runterhaute, daß der rote Abdruck ihrer Hand auf seiner Wange nach Tagen noch nicht verblaßt war. Aber von da an waren sie die besten Freunde, und Daves Frage wurde nie beantwortet.

Valerie, Daves fröhliche, zierliche Frau war eine Prager Fremdenführerin gewesen, als er sie kennenlernte. Nicht daß Dave besonders interessiert an den kulturellen Sehenswürdigkeiten der Stadt gewesen wäre; er war dort, um die Chancen für Immobilienkäufe zu sondieren und eventuell eine Nachtclubkette in ausgewählten mittelalterlichen Kellergewölben zu eröffnen. Doch schon vor Jahren hatte sein Vater Simon und ihn beschworen, das alte jüdische Viertel zu besuchen, falls sie je nach Prag kämen. Inzwischen waren ihre Eltern tot, aber irgendwie verlieh ihre körperliche Abwesenheit dieser bescheidenen Bitte eine größere Dringlichkeit. Dave hörte förmlich seine Gedanken: »Ist ja gut, Dad, ich geh ja schon.«

Er und Simon waren keineswegs in Londons jüdischem Viertel aufgewachsen. Streatham war tiefstes Südlondon, weit weg vom jüdischen Norden der City mit seiner erstickenden Geschäftigkeit. Sie wohnten damals in einem Wohnblock aus den dreißiger Jahren, über einer Reihe von Ladengeschäften, zu dem auch ein Schwimmbecken im Freien gehörte – an heißen Sommertagen eine Oase für fleischige jüdische Mütter mit ihren kaum gestützten, überschwappenden Dekolletés und mal resignierten, mal bissigen Bemerkungen über die Unzulänglichkeiten des

Lebens. Doch es gab nicht viele von ihnen; ihre kleine und in sich abgeschlossene Gemeinde war nur eine Miniaturausgabe der eigentlichen Sache.

Mr. Glattstein war kriegsversehrt. Verletzt war er allerdings am Gemüt, nicht am Körper. Er hatte in der Luftwaffe gedient, das immerhin, aber als endlich der Frieden kam, kehrte er wie ausgewechselt zu seiner jungen Frau zurück, ein Eremit. Mrs. Glattstein ernährte und pflegte ihn, rauh aber herzlich, wie einen dritten Sohn. Während sie ihre Tage damit zubrachte, einen kleinen Laden mit Damenunterwäsche in Übergrößen im nahegelegenen Brixton zu führen, der vorwiegend für afro-karibische Kundinnen da war, belegte der Vater das überheizte Wohnzimmer mit Beschlag, vertieft in Karten- und Glücksspiele mit gutmütigen Brixtoner Kleinkriminellen. Simon lungerte meistens im Laden herum; er liebte es, den freundlichen Jamaikanerinnen zuzuhören und ihren Händen dabei zuzusehen, wie sie die riesigen BHs berührten und dehnten. Er stellte sich immer vor, wie ihre dunklen Brüste die weißen Körbchen ausfüllten, und fand einen seltsamen Trost in diesem Bild. Er wagte nicht, hinter den Vorhang zu lugen, denn er wußte, daß ihm seine Mutter sonst für immer den Laden verbieten würde. Also versuchte er, sich nützlich zu machen, und gab vor, sich für ihr Geschäft zu interessieren. Manchmal stand er in der Tür und starrte in den komischen Laden mit Aalen nebenan. Fasziniert beobachtete er die tanzenden, sich windenden Aale und wie sie sich mit wilden Verrenkungen gegen das Schlachtermesser wehrten, das sie für die Kunden in Stücke schnitt. »Na los, faß mal an«, sagte der fröhliche Besitzer der todgeweihten Aale zu Simon, aber er tat es nie, sondern wandte sich stets ab, seine tiefe Röte verbergend.

Dave dagegen schaute liebend gern seinem Vater zu, wenn der seine Zeit mit seinen ruppigen, heftig trinkenden Spielkumpanen verbrachte, die zum größten Teil das Gütesiegel des Gefängnisses von Brixton trugen. Eine Atmosphäre ausgelassener Kameraderie herrschte in der Wohnung, wenn die Mutter weg war und Mr. Glattstein sturmfreie Bude hatte (mit der stummen Einwilligung seiner Frau). Sie wußte immer davon, wenn seine »weißen Gossenkumpel«, wie sie sie nannte, dagewesen waren: die Wohnung war ein stinkendes Chaos, wenn sie erschöpft aus ihrem Laden nach Hause kam. Keiner achtete auf Dave – sein Vater wußte kaum richtig, daß er überhaupt Kinder hatte –, und so saß er bloß in einer Ecke, zum Teil von einem Vorhang verborgen, und hörte dem saftigen Gerede zu, saugte die bunten Kraftausdrücke und die Kneipengerüche ein.

Ab und zu hatte ihr Vater schon mal weichere, hellere Augenblicke, dann verwandelte er sich wieder in den gesprächigen Menschen, der er vor dem Krieg gewesen war. Wenn das geschah, erinnerte er sich an seine tschechischen Kameraden aus der Luftwaffe. Eine Art Liebe lag in seiner Stimme und in seinen blassen Augen, wenn er an diese Freundschaften dachte, die ihm wirklicher vorzukommen schienen als all das Töten, das er miterlebt hatte, wirklicher als seine eigene Frau und die Kinder. In jenen seltenen Momenten, da er wußte, wer er wirklich war oder zumindest gewesen war, sagte er dann zu seinen

Jungen: »Fahrt nach Prag und besucht das jüdische Viertel. Mein Freund Tomas hat gesagt, er würde es mir zeigen, nach dem Krieg. Ich kann nun nicht mehr hin, denn er ist tot. Aber ihr könnt.«

Simon entschied sich, diesen Wunsch zu ignorieren, und als er Prag besuchte, schaffte er es sogar, das jüdische Viertel zu verpassen, obwohl er mitten hindurchlief. Dave aber hatte beschlossen, sich seine Sohnespflicht von der Seele zu schaffen, so schnell und schmerzlos es nur ging, indem er tatsächlich eine spezielle Führung buchte. Seine Fremdenführerin war Valerie. Er warf einen Blick auf ihr kompaktes, schlicht anbetungswürdiges Ganzes, schnupperte die balsamweiche Frühlingsluft um ihre kurzen blonden Haare, während sie gemeinsam durch die gepflasterten Straßen spazierten; und bis sie an Rabbi Lows Grab standen und Valerie ihm etwas über den Golem von Prag vorschnatterte, hatte Dave schon den Entschluß gefaßt, sie zu heiraten. Die Zeit drängte: Simon hatte seine eigenen Heiratspläne erst vor einer Woche verkündet, jetzt ging es um die Wurst. Also handelte Dave schnell und pflanzte einen unvergeßlichen Kuß in Valeries Mund, vor den Augen einer verblüfften ungarischen Touristengruppe. Er sollte es niemals bereuen.

Die Doppelhochzeit war eine Zeitlang *das* Gesprächsthema von ganz London. Die Brüder Gladstone waren ziemlich berühmt; Simon hatte sich emsig emporgearbeitet, von einem mediokren Kameramann zu einem der mächtigen Direktoren eines neuen Fernsehsenders, und Daves umtriebiger Handel und Wandel hatte ihm nach langen Jahren irgendwie doch das solide Kapital eines fleckenlosen Rufs als Geschäftsmann eingebracht. Beide Brüder waren sehr gefragt bei Sponsorenparties und gaben oft ihre Namen und einen Teil ihrer wachsenden Vermögen für Stiftungen und wohltätige Zwecke her. Es war Simons Idee gewesen, die »Gladstone«-Version des alten Familiennamens anzunehmen; er meinte, das würde in den Machtzirkeln von Fernsehen und Kunst besser ankommen. Dave hatte nichts einzuwenden.

Julie und Valerie waren ganz froh, nach London zu ziehen. Julies zurückhaltende Art wurde durch Valeries gutgelaunte Offenheit ausgeglichen, und ihre Freundschaft wuchs langsam, aber stetig. Oft saßen sie stundenlang im Café in Hampstead und tratschten auf tschechisch über die beiden Brüder, im Versuch, die brennende Frage zu beantworten: Wie sehr glichen sich die beiden Brüder wirklich?

»Wie ein Ei dem anderen«, sagte Valerie bei einer dieser intimen Sitzungen.

Sie lachten, denn auch auf tschechisch bedeutet »Eier« soviel wie »Hoden«.

»Dabei kommen sie doch in Wirklichkeit aus einem Ei. Ist das nicht eine schräge Vorstellung?« meinte Julie und nippte an ihrem Espresso.

»Apropos«, fügte sie hinzu. »Wußtest du schon, daß es in diesem Land sogenannte Freiland-Eier gibt? Auf der Schachtel steht, die Hühner, die diese Eier gelegt haben, hätten die Freiheit gehabt, ein NORMALES VERHALTEN an den Tag zu legen.«

»Genau wie wir«, lachte sie. »Also, nehmen wir uns mal ein paar Eier vor.« Eine kleine Abwandlung von Daves Lieblingsspruch.

Die Tage ihres Müßiggangs waren allerdings gezählt. Valerie stieg als aktive Partnerin in Daves Geschäft in Prag ein; sie begleitete ihn auf seinen Reisen und half ihm dabei, die Nachtclubs aufzubauen, mit großem Erfolg. Sie bekamen einen Sohn und witzelten, er müßte eigentlich Golem heißen, in Erinnerung an ihren ersten Kuß. Tatsächlich nannten sie ihn Leo, nach dem alten Mr. Glattstein.

Julie verbrachte ihre meiste Zeit allein, ließ sich in einen träumerischen, halb euphorischen, halb phlegmatischen Zustand treiben und wieder hinaus. Einkaufen war ihre Droge, und Simon hatte nichts dagegen. Aber es überraschte ihn, daß Julie keineswegs große Rechnungen bei Harvey Nichols oder Brown's auflaufen ließ, sondern eine große Freundin der überdachten Wochenmärkte wurde, die es in verschiedenen Teilen der Stadt gab. Am liebsten war ihr der in Brixton, den sie fast zufällig entdeckte; eines Tages schlief sie in der U-Bahn Richtung Süden ein, und als sie schließlich ausstieg, hatte sie nur noch Lust, stundenlang herumzuwandern. Als sie Simon davon erzählte und ihm stolz die Kleider zeigte, die sie dort gekauft hatte, sagte er nichts. Dann murmelte er etwas über den Laden seiner Mutter und fragte sich noch, was wohl heute dort war. Seit vor Jahren seine Eltern gestorben waren, hatte er das London seiner Kinderzeit nicht mehr gesehen. Jetzt lebten er und Dave in Hampstead.

Doch in den letzten paar Wochen – oder Monaten? – hatte sich Julie verändert. Sie erkundete die Märkte nicht mehr, kaufte nicht mehr ein. Wenn er am Morgen das

Haus verließ, saß sie aufrecht im Bett, die umschlungenen Knie an die Brust gepreßt. Und wenn er spätnachts zurückkehrte, fand er sie in derselben Position vor, als hätte sie sich den ganzen Tag nicht bewegt. Er hatte keine Ahnung, ob sie sich im Verlauf des Tages angezogen und wieder ausgezogen hatte oder ob sie ihre Schlafsachen einfach anließ. Die abgestandene Luft im Schlafzimmer ließ eher auf letzteres schließen. Das einzige, was Julie noch leidenschaftlich interessierte, war das unablässige, obsessive Lackieren und Überlackieren ihrer Zehennägel. Sie hatte eine große Palette verschiedenster Nagellackfarben angesammelt und trug sie mit der Sorgfalt und Konzentration eines Künstlers auf ihre glatten Zehennägel auf.

Simon spürte, daß sich ein Ozean der Trauer langsam in seiner Frau ausbreitete, aber dessen wahre Tiefe verstand er nicht, konnte er nicht verstehen. Seine eigene gelegentliche Melancholie kam und ging in dem beruhigenden Muster regelmäßiger Gezeiten, ohne tiefere Spuren zu hinterlassen. Er hatte das Gefühl, daß Julie fast für ihn verloren war. Er liebte sie, glaubte er; aber wer war sie eigentlich, und *wo*? Manchmal kam sie ihm so weit weg vor wie sein Vater früher, als er heranwuchs und ihn nicht erreichen, nicht berühren konnte.

Doch nichts davon konnte er Dave anvertrauen, seinem sorglosen, witzelnden Bruder. Dessen Leben war in Ordnung, alles kristallklar, verheiratet mit einer Frau, bei der alles am rechten Platz war. Das Leben nichts als eine glatte Fahrt.

Wirklich? Valerie verbrachte neuerdings viel Zeit bei ihren Eltern in Prag. Sie wollten ihren Enkel sehen, und sie mußte sich um Daves Geschäfte kümmern. Aber vielleicht war das auch nur ein willkommener Vorwand. Vielleicht war sie ihr Leben mit Dave satt. Vielleicht hatte sogar die großzügige, übernatürlich tolerante Valerie endlich die Nase voll vom Hunger ihres Mannes nach allem Weiblichen.

»Du irrst dich«, sagte Dave. Endlich waren sie allein im Whirlpool; das Mutter-Tochter-Paar war zu guter Letzt doch gegangen. Selbst Dave hatte keine teuflischen Absichten gehabt, mit keiner von ihnen.

Simon sah ihn erstaunt an. Sich irren, worüber? Er hatte doch nur nachgedacht. Jetzt glühte sein Gesicht. Ein ärgerlicher Unterschied zwischen ihm und seinem Bruder war, daß Dave niemals errötete.

»Du irrst dich, was mich und dich betrifft«, sagte Dave mit ungewöhnlich feierlichem Gesicht. »Also, zuerst zu mir: Valerie ist überhaupt nicht unglücklich. Daß ich ab und zu etwas albern über die Stränge schlage, macht ihr gar nichts aus, und weißt du warum, weil sie's nämlich selber so macht. Das ist die großartige Ethik nach Prager Art, wußtest du das nicht? Bei dir und Julie würde das wohl nicht funktionieren, nehme ich an, aber bei uns klappt es prima. Und nun zu Julie. Ich habe mit ihr geredet. Ihr Problem ist … na ja, du bist es.«

»Ich?!«

»Hmhm. Weil, sagt sie – und das bin nicht ich, der das sagt, ich wiederhole nur ihre Worte –, sagt sie, weil du sie die ganze Zeit bloß anstarrst und nie was zu ihr sagst. Du nimmst sie mit zu diesen gesellschaftlichen Anlässen und willst, daß sie großartig aussieht, und das tut sie auch.

Aber man kennt sie als die geheimnisvolle, stumme Julie Gladstone, weil sie nie etwas sagt. Und was denkst du, warum sie so dichtmacht? Weil sich jedesmal, wenn sie den Mund aufmacht, alle gar nicht mehr einkriegen können von wegen schwarze Osteuropäerin. Es kotzt sie an, diese Geschichte immer wieder zu erzählen, jedesmal, von Anfang an. Es kotzt sie an, eine Exotin zu sein. Sie dachte, sie könnte diese ganze Scheiße hinter sich lassen, indem sie hierher zieht, aber es klappt nicht. Deshalb verbringt sie die ganze Zeit damit, ihre olivgrünen Zehennägel zu bewundern.«

»Das hat sie dir alles erzählt?« fragte Simon mißtrauisch. »Und wieso soll das meine Schuld sein? Ich hab sie nur geheiratet. Sie kann doch ihr eigenes Leben führen. Sie kann sich eine Arbeit suchen oder so. Liegt alles bei ihr.«

»Oh, ich bin noch nicht fertig«, sagte Dave. »Du hast ihr nicht mal erzählt, daß wir aus Südlondon stammen, bis sie mal den Markt in Brixton erwähnt hat. Warum denn nicht, Simon? Ich bin schon x-mal mit Valerie bei unserem alten Wohnblock gewesen. Ich denke sogar daran, das Ganze zu kaufen – die Architektur ist ziemlich irre und wahnsinnig authentisch, mit diesem Schwimmbecken und den Innenhöfen. In ein paar Jahren ist das ein total angesagter Ort.«

Er hat recht, dachte Simon. Ich starre sie wirklich unheimlich viel an. Aber das ist doch bloß eine blöde Gewohnheit von mir; wenn mich etwas wirklich fasziniert, wenn ich es liebe, dann will ich es mir restlos reinziehen. Dann gehört es auch mir, und ich kann es behalten, ganz für mich allein.

»Das reicht eben nicht«, sagte Dave. »Red mal mit ihr, Mann. Vielleicht überrascht sie dich. Wer als erster unter der Dusche ist!« rief er, denn ihm fiel auf, daß Simon genug von seiner brüderlichen Predigt hatte.

»Scheiß drauf«, antwortete Simon langsam. Er stieg aus dem Wasser und ging mit bewußten Schritten weg von Dave. Ihm war gerade eingefallen, daß Julie ihre Zehennägel heute morgen olivgrün lackiert hatte, und zwar zum allerersten Mal.

»Simon!« rief Dave ihm nach, aber Simon drehte sich nicht um. Er fuhr nach Hause und marschierte direkt ins Schlafzimmer. Und richtig, Julie saß auf dem Bett, den Kopf auf den Knien, und sie sah ... jetzt hatte er das richtige Wort dafür: sie sah verzagt aus. Ja, verzagt, aber nicht leblos, nicht verängstigt. Nicht wie ein Tier im Käfig; mehr wie eine Frau, die gerade mit ihrem Schwager im Bett war und der es Spaß gemacht hat.

»Na los, red schon«, explodierte Simon. »Warum? Und seit wann?«

Julie schaute auf, leicht befremdet. Sie fragte ihn nicht, woher er es wußte. Sie hatte schon Daves Bedürfnis gespürt, eines Tages damit anzugeben, so wie er mit allem angab. Und während sie darauf wartete, ließ sie es wieder und wieder geschehen und wußte nicht, wie sie damit aufhören sollte: Mit Dave zu schlafen, das fühlte sich an, als schliefe sie mit einer äußerst geselligen, mitteilsamen Version ihres eigenen Mannes. Doch die Schuld betäubte sie, ließ ihren Lebenswillen gefrieren.

»Seit ... was weiß ich. Ein paar Wochen. Vielleicht seit einem Monat. Als Valerie nach Prag fuhr und du jeden

Abend so beschäftigt warst ... Sie haben ein Arrangement, weißt du ... Wie auch immer, es ist vorbei. Heute war das letzte Mal. Ich hab es ihm gesagt.«

»Aber, Simon«, fügte sie leise hinzu, »beim ersten Mal wollte ich's wissen. Ich war ein bißchen beschwipst. Und Valerie und ich hatten immer Witze darüber gemacht, ob ... weißt du ... wir haben uns gefragt, ob ihr gleich seid.«

»Na und, sind wir das?« Simon wunderte sich darüber, seine eigene Stimme zu hören. Verletzt klang sie nicht.

Julie lächelte. Es war dasselbe Lächeln, in das er sich vor ein paar Jahren verliebt hatte.

»Nein«, sagte sie bestimmt. »Du bist ganz deutlich ... der große, schweigsame Typ. *Mein* Typ.«

Simon lachte, ein leichtes, einfaches Lachen. Immerhin ist *der* Wettstreit vorbei, dachte er begeistert. Vorsichtig kam er auf sie zu. Er war sich nicht ganz sicher, wie er vorgehen sollte. Am liebsten hätte er eigentlich ihre Füße berührt und sie mit seinem Atem gewärmt.

»Übrigens«, sagte Julie und nahm ihn energisch und ungebremst in die Arme, »ich habe den alten Laden deiner Mutter entdeckt. Da verkaufen sie jetzt trendige Musik. Könnte mich eventuell interessieren.«

»Toll«, flüsterte Simon, und: »Jetzt halt den Mund. Ich will dich küssen.« Doch dann brach er ab, fummelte sein Handy heraus und wählte die Handynummer seines Bruders.

»Dave«, sagte er und grinste von einem Ohr zum anderen. »Mit den Wohnungen in Streatham, ja? Vergiß es. Ich habe ein Angebot für den gesamten Block gemacht.

Genau, gerade eben. Denk bloß nicht, du kannst drüber gehen. Vielleicht ziehen wir sogar da hin. Ach, und Dave? Ich ändere meinen Namen wieder in Glattstein. Nein, ist mir egal, wenn du es nicht tust. Besser gesagt, tu es *bitte* nicht.«

Als er sich nach Julie reckte, stellte er fest, daß ihre Zehennägel von dem häßlichen grünen Lack befreit und wieder in ihren natürlichen Zustand versetzt worden waren, helles, unbemaltes Rosa.

Beiruter Lügen

I

Sie gehörte zu dem stillen Teil seines Lebens.

Als er dem kriegszerrissenen, kugeldurchlöcherten Beirut endlich den Rücken kehrte und in Heathrow landete, war sie da, mit einem leichten Lächeln auf dem kleinen, blassen Gesicht und einem halbherzigen Winken der Hand, als sie ihn in der hervorquellenden Menge entdeckte. Die Frau des Dichters hat aber breite Hüften, war Naims erster Gedanke.

Ein Auto gab es nicht. Sie führte ihn zur U-Bahn und setzte sich ihm gegenüber, immer noch lächelnd, ohne zu reden, ohne auch nur höfliche Platitüden auszutauschen. Ob sie immer noch lächeln wird, wenn er den Mut aufbringt, ihr zu sagen, daß sie seit heute morgen Witwe ist? Wird sie schreien, stöhnen, weinen? Naim ging nicht davon aus. Der Dichter hatte seine Gattin als kühle englische Frau im mittleren Alter beschrieben, ihre Ehe als »real, aber distanziert«, ihre Züge als »zart, fast unberührbar«. Naim mußte ihm recht geben: In dem schroffen Licht des ratternden U-Bahn-Zuges hatte sie eine metallische Kälte an sich. Und doch, sobald sich ihre Blicke für einen Sekundenbruchteil trafen, wußte Naim, daß er

169

eines Tages seine Hände fest auf diese üppigen Hüften legen und ihre Wärme spüren würde.

Er folgte ihr wie ein gehorsames Kind, als sie umstiegen, fuhr steile, überfüllte Rolltreppen hinauf und hinunter und trat schließlich auf eine unerwartet helle, lebhafte Straße hinaus. Er hatte sich ein nasses, finsteres, grämliches London vorgestellt, beherrschte Menschen unter einem grauen Himmel. Doch er kam an einem sonnigen Nachmittag Ende Mai an, und auf dem Weg zu Francines Haus war er überwältigt von der bunten Menge junger, weiblicher Körper. Anders als Francines Ehemann hatte Naim niemals Zeit darauf verschwendet, komplizierte Metaphern für das, was er liebte, zu erfinden: Eine Brust war eine Brust, ein Mund war ein Mund. Joseph Haddads Lyrik schien nur von wilden Blumen und unsterblichen Zypressen zu handeln. Joe hätte diese übersexualisierte Londoner Straße als ein fruchtbares Feld jungen Weizens beschrieben. Naim sah bloß Brustwarzen, die unter dünner Baumwolle aufragten.

Aber Naim war auch kein Dichter. In Wahrheit hatten er und Joe sehr wenig gemeinsam, abgesehen von ihrem Hang dazu, gefährlich hohe Kreideklippen zu erklettern und dann zusammen in das türkisblaue Mittelmeer zu springen. Zum ersten Mal waren sie sich am Fuß eines dieser Küstenberge begegnet, beide fast zwanzig Jahre alt, kurz bevor ihr Heimatland zum Kriegsgebiet wurde. In jedem anderen Zusammenhang hätte es etwas ausgemacht, daß Joseph Haddad aus einer wohlhabenden Maronitenfamilie stammte, während Naim Hussein der Sohn eines sunnitischen Ladenbesitzers war – aber nicht dort, nicht an jenem ruhigen Ort, den sie ganz für sich allein zu haben schienen, früh an einem Sonntagmorgen. Wie sie sich von dem felsigen Untergrund abstießen, mit genau dem richtigen Maß an Kraft und Spannung, und kopfüber in die nasse, bodenlose Tiefe stürzten, das war das Aufregendste, was sie je getan hatten, das Aufregendste, was sie je tun würden. Es war wie eine starke Droge, die sie töten konnte, aber das Risiko wert war, wenn sie überlebten. Nachher lag Joe auf dem Bauch und schrieb lange Gedichte auf französisch oder kurze auf arabisch; Naim saß einfach da und schaute ihm zu und dachte darüber nach, wie verschieden ihre Körper waren – Joe lang und dünn, Naim stämmig und muskulös – und wie sie sich anlächelten, bevor sie sprangen, ohne zu wissen, ob sie beide das Wagnis überleben würden und welcher von ihnen den Eltern des anderen Bescheid sagen mußte, daß etwas passiert war.

Naims Mutter war aus Tebnine, einem kleinen Schiitendorf im Süden, nach Beirut gekommen. Er versuchte, Tebnine als den friedlichen, soliden Mittelpunkt enger Familienbande und glücklicher Besuche in Erinnerung zu behalten, nicht als das zur Unkenntlichkeit zerbombte Skelett eines Dorfes. Er versuchte, Beirut als die Stadt, die er liebte und niemals verlassen wollte, in Erinnerung zu behalten, eine Nische voll rastloser Energie zwischen dem Meer und den Bergen, nicht als eine Geisterstadt, die ein endloser, sinnloser Krieg vergewaltigt hatte. Er wollte seinen Freund Joseph Haddad als miserablen Dichter, aber erstklassigen Schwimmer und Springer in Erinnerung behalten, nicht als das menschliche Sieb, das er an diesem Morgen auf dem Weg zum Flughafen am Straßenrand hatte liegenlassen müssen. Wäre Naim nicht davongefahren, hätte der Heckenschütze ihn als nächstes ins Visier genommen. Und er, mit einem schwer verdienten Ticket nach London in der Tasche, auf dem Flughafen, der zum ersten Mal seit Wochen wieder offen war, er wollte leben.

Während ihrer Jugend waren sie sich nie über den Weg gelaufen, abgesehen von den Kunstsprüngen. Joe ging auf eine französische Schule in Ras Beirut, seine Freunde waren andere reiche Christenjungen. Er hatte vor, sein Studium in Paris zu absolvieren, wo seine eigene Wohnung schon auf ihn wartete. Naim war ein mittelmäßiger, einsamer Schüler an der moslemischen Schule seines Dorfes. Er hatte wenige Freunde und half lieber seinem Vater in seinem Laden in Ouzai, verkaufte billige Souvenirs, Postkarten und glänzende, billige Stoffe. Manchmal beobachtete er ihn stundenlang beim Backgammon mit anderen Männern im Hinterzimmer des Ladens, schwelgte in dem schweren, süßen Aroma von starkem Kaffee und Tabak. Das Backgammon-Spiel, eine sorgfältige Einlegearbeit mit einem Perlmuttmosaik, war der einzige Luxusgegenstand, den sein Vater je besaß und liebte. Naim mochte das weiche Geräusch der kleinen Elfenbeinwürfel, wenn sie über das große Holzbrett rollten, mochte die glatte Oberfläche der abgegriffenen braunen und cremeweißen Steine. Nachdem vor einiger Zeit das Viertel seiner Eltern mehrfach in Serie beschossen worden war, hatte Naim den verlassenen Laden durchsucht und die Würfel unter einem Haufen zerstörter Möbel gefunden, wie von Wunderhand unversehrt. Jetzt waren sie in seiner Brieftasche und würden für immer dort bleiben. Er war sich nicht sicher, wo seine Eltern waren, ob sie lebten oder nicht. Um das herauszufinden, würde er das Ende des Krieges abwarten müssen.

Er war so bald wie möglich von der Schule abgegangen und hatte sich eine Stelle als Kellnerlehrling in einem Hotel bei Hamra gesucht. Das entpuppte sich als glücklicher Zufall: Das Hotel Commodore wurde nämlich von ausländischen Journalisten frequentiert, war gut besucht und relativ sicher. Während nicht wenige seiner früheren Klassenkameraden sich diversen moslemischen Grüppchen anschlossen, sich Bärte wachsen ließen, grüne und braune Tarnkleidung trugen und häufig ihre Kalaschnikows einsetzten, ging Naim Hussein in einer untadeligen Kelleruniform in Schwarz und Weiß, mit Fliege, und lernte, wie man schwere Essenstablette trug. Er arbeitete schwer, ohne ins Schwitzen zu geraten, und verbarg seine Gefühle der Kundschaft gegenüber hinter einer undurchdringlichen Fassade effizienter Freundlichkeit. Aber seine große Freude konnte er nicht verbergen, als er eines Tages Joe in der Hotelhalle erblickte, im Gespräch mit drei ausländischen Reportern.

Sie hatten sich aus den Augen verloren, als der Krieg zu unkontrollierbarem Chaos eskalierte. Naim war davon ausgegangen, daß die Familie Haddad Vorkehrungen getroffen hatte, um in den schweren Zeiten nicht in Beirut zu sein, sondern in Sicherheit, zum Beispiel in ihrem Haus in Frankreich. Da lag er richtig – allerdings nicht in bezug auf Joe, der unbedingt hatte im Libanon bleiben wollen. »Meiner Gedichte wegen«, sagte er jetzt mit einem Augenzwinkern zu Naim, »nicht wegen der Politik.« Er schien noch größer und schlaksiger geworden zu sein. Herzlich breitete er die Arme aus, als wollte er Naim umarmen, doch dann bremste er sich und setzte sich wieder hin. Die Journalisten, erstaunt über die Unterbrechung, beäugten Naim desinteressiert und nahmen bald ihr Interview mit Joseph Haddad wieder auf, dem Dichter, der über den Krieg schrieb, als wäre er ein Fall brutaler Gewalt gegen die Natur, nicht gegen Menschen.

Naim hatte von Joes Dichterkarriere gar nichts mitbekommen. Doch nun, da sie sich wiedergefunden hatten, fragte er ihn ausdrücklich danach – es gab fünf schmale Bändchen, eins auf arabisch, vier auf französisch. Das Französische konnte Naim eigentlich nicht beurteilen, aber er war sich ziemlich sicher, daß die arabischen Gedichte unreife, blutleere kleine Dinger waren. Natürlich log er und erzählte Joe, er fände sie toll.

Die Tage ihrer Kunstsprünge waren vorbei. Sie trafen sich gelegentlich im Commodore, wenn Naims Schicht zu Ende war oder er ein paar Minuten Zeit hatte. Joe war immer aufgeregt, immer voller Geschichten, und redete atemlos vom Augenblick ihrer Begrüßung bis zum Abschied. Naim hörte zu, lauschte jedem Wort mit aufrichtiger Aufmerksamkeit, hatte aber im Gegenzug nichts anzubieten. Obgleich er in einer Stadt lebte, die vor ihren Augen immer weiter in Trümmer fiel, wie ein riesiges Abrißgrundstück, das dem Erdboden gleichgemacht werden sollte, geschah in Naims eigenem Leben nichts Besonderes.

Daß Joe in Beirut war, überraschte Naim um so mehr, als er erfuhr, daß Joe mit einer Frau in London verheiratet war. Sie war älter als er, eine kleine Blondine in den Vierzigern, seine Englischlehrerin im letzten Schuljahr. Sie hatten heimlich auf Zypern geheiratet und hätten seinen Eltern auch davon erzählt, wenn nicht die politischen Spannungen gewesen wären und tausend andere Dinge, die einem Sorgen bereiteten. Joe sagte, sie sei eine merkwürdige Frau, ganz still, aber entschlossen. Sie hätten sich wahnsinnig geliebt, als sie noch alles heimlich tun mußten, meinte er, doch als sich das Geheimnis verflüchtigt habe, sei auf beiden Seiten Apathie eingezogen. Francine hatte vorgeschlagen, daß sie sich eine Zeitlang trennten, und war nach London zurückgekehrt. Als sich der Konflikt zu einem regelrechten Krieg auswuchs, hatte sie Angst, zu ihm zu kommen, obwohl sie behauptete, sie wolle es sehr gern.

Irgendwann hatte Joe einen Plan geschmiedet, wie er Beirut verlassen konnte. Er hatte einen Platz auf einer Fähre von Kaslik nach Larnaca reserviert, und von dort aus wäre er dann nach London geflogen. »Doch dann stellte ich mir das Leben mit ihr in London vor«, lachte er, »und ich hab es einfach nicht geschafft. Sie hätte für mich gesorgt – verstehst du? Hier in Beirut war sie immer ein bißchen verloren, und das fand ich toll, ich habe mich wirklich sehr gern um sie gekümmert. Obwohl sie meine Lehrerin gewesen war und richtig mütterlich, befanden wir uns auf meinem Territorium. Ich war ein Mann für sie, kein Junge. In London hätten wir in *ihrem* Haus gelebt, in *ihrem* Land. In ein paar Jahren hätte ich ausgesehen wie ihr levantinischer Gigolo. Hier bin ich ein Dichter, hier bin ich *ich*. Ich nehme an, ich brauche diesen Libanon mehr, als ich Francine begehre. Vielleicht brauche ich sogar diesen Krieg. Aber ich liebe sie wirklich. Alle Gedichte in meinem zweiten Buch handeln auf die eine oder andere Weise von Francine.«

Naim nickte, aber er verstand seinen Freund überhaupt nicht. Wäre er mit einer Frau verheiratet, die ihm einen sicheren Hafen im Frieden bot, würde er seine Zeit nicht in Beirut verschwenden. Er würde so schnell wie möglich abhauen, egal, ob sie wie seine Mutter aussah oder sich so benahm.

Er erzählte Joe von seinen beiden letzten Versuchen, Beirut zu verlassen, die beide mit einer riskanten Fahrt nach Damaskus verbunden waren und irgendwo auf der staubigen Landstraße abgebrochen werden mußten. Joe hatte eine Idee: Beim nächsten Mal, wenn der Beiruter Flughafen geöffnet wurde, bei der nächsten Pause von Schüssen und Bomben, würde Naim direkt nach London fliegen. »Du kannst bei Francine wohnen. Ihr Haus ist mein Haus, hat sie immer gesagt! Morgen rufe ich sie an und sage es ihr. Bestimmt holt sie dich am Flughafen ab. Wie soll ich dich beschreiben?«

»Sag einfach ›ein kleiner Libanese mit verborgenen Muskeln und einem großen Schnurrbart‹«, sagte Naim mit einem Lächeln, erleichtert und ein bißchen beleidigt, daß Joe sich offensichtlich keine Sorgen darüber machte, ihn zu seiner Frau zu schicken. Begehrte Joe etwa nicht jede Frau, die unter demselben Dach schlief wie er? Also Naim schon. Manchmal wollte er jede Frau im Commodore, von den Putzfrauen über das Küchenpersonal bis zu den elegantesten Ausländerinnen. Manchmal wollte er sie alle auf einmal.

Joe bestand darauf, Naim zu seinem Flugzeug zu bringen. Das mußte er nicht; die Straße zum Flughafen war unsicher, das wußte er. Wenn man sich ein Ticket leisten konnte, das einen aus dem Land brachte, bestand die Wahrscheinlichkeit, überfallen, gekidnappt, wegen Lösegeld festgehalten, beschossen zu werden. Die bärtigen, maskierten Männer, die die Straße blockiert hielten, probierten es mit fast jeder Variante. Sie zerrten Joe aus dem Wagen, fesselten ihn und warfen ihn auf einen Lkw. Naim hörte Schreie, Flüche. Dann schnelles Maschinengewehrfeuer, wie eine Exekution. Naim saß unbeweglich da, bedroht von dem Gewehr eines anderen maskierten Mannes. Jubelgeheul wurde laut, als sie Joes Leiche in den dreckigen Straßengraben kippten. Naims Wächter beteiligte sich an dem ekstatischen Geschrei, wandte seinen Blick und sein Gewehr einen Augenblick von ihm ab. Da trat Naim auf das Gaspedal und rauschte mit rasender Geschwindigkeit davon, bevor sie begriffen hatten, was er tat. Mehrere Kugeln trafen das Dach, und eine zerschmetterte die Rückscheibe, aber sie verfolgten ihn nicht. Er schaffte es in sein Flugzeug und hielt bei dem wackligen Start die Augen fixiert auf den antiquierten Kontrolltower mitten auf dem Flugplatz, als wollte er jegliche unerwartete Wendung in den Pilotenanweisungen ausblenden. Eine lächelnde Stewardeß bot ihm ein Exemplar von *Al Nahar* an. Er bedeckte damit sein Gesicht und weinte stundenlang lautlos. Dann schloß er die Augen.

II

»Sie sind also Naim Hussein«, sagte Francine leise, als sie in ihrem Wohnzimmer saßen. »Möchten Sie gern etwas trinken? Tee oder Kaffee? Etwas Kaltes vielleicht? Sicher sind Sie müde.«

Das wäre der richtige Augenblick gewesen, um es ihr zu sagen. Statt dessen bat er sie um Kaffee, genau wissend, daß er nicht schmecken würde, wie er sollte. Er mußte Zeit gewinnen und nachdenken.

Alles an ihrem Haus war massiv – hohe Decken, geräumige Zimmer, riesige Fenster, schwere Türen. Keiner würde kommen und durch diese Türen hindurchschießen. Naim verspürte eine plötzliche Woge paradiesischer Erleichterung. Er hätte sich am liebsten in dem breiten Lederarmsessel zusammengerollt, Beirut gründlich vergessen und geschlafen.

Francine brachte ein großes Silbertablett mit schwachem Kaffee und Süßigkeiten. Sie schaute ihm direkt ins Gesicht, jetzt ohne jedes Lächeln.

»Joseph läßt sicher herzlich grüßen«, sagte sie.

»Ja. Natürlich. Ich wollte es Ihnen gerade sagen. Er . . .«

»Wäre am liebsten auch hier? Das glaube ich kaum«, sagte sie bitter.

Das wäre seine zweite Chance gewesen, es ihr zu sagen und alles hinter sich zu haben. Vielleicht wäre es ja gar nicht so schlimm, dachte er. Vielleicht würden sie sich gegenseitig trösten. Er kannte sonst niemand, dem das, was an diesem Morgen passiert war, wirklich etwas ausmachte.

Doch als wolle er in den Hintergründen der kaum unterdrückten Wut gegen ihren Mann nicht herumstochern, als wolle er nur höflich das Thema wechseln, sagte er: »Es ist sehr freundlich von Ihnen, mich hier aufzunehmen. Ich werde mir eine Arbeit suchen und so bald wie möglich wieder ausziehen. Ich kenne den Küchenchef in einem großen libanesischen Restaurant irgendwo in ...«

Francine warf ihm einen seltsamen Blick zu.

»So war es gar nicht verabredet«, sagte sie. »Joe sagte, Sie würden hierbleiben, bis ... bis es ihm gelänge, Beirut zu verlassen. Sie können hier sowieso nicht arbeiten, nicht legal jedenfalls. Keine Sorge, ich werde Ihnen nicht in die Quere kommen. Sie können die Mansarde und das obere Bad ganz für sich allein haben. Kommen Sie, ich zeige es Ihnen.«

Naim erkannte Joes poetische Hand in diesem zweideutigen Szenario. Doch steckten dahinter gute oder böse Absichten? War es ein Spiel? Ein Test seiner Loyalität? Wurde er benutzt? Er war sich nicht sicher. Warum hatte Joe ihn belogen, und warum seine Frau? Nun mußte er es ihr erst recht sagen.

Doch sie war schon auf halber Höhe der dunklen Mahagonitreppe und wartete auf ihn. Er folgte ihr wieder, wie zuvor auf der Straße, versuchte, nicht auf das sanft kreisende Dreieck ihrer Hüften und ihres überraschend kompakten Hinterteils zu starren, während sie drei Treppen hochkletterte.

»Hier«, sagte sie schließlich und öffnete die Tür zu seinem Zimmer. »Ich hoffe, es gefällt Ihnen. Entschuldigen Sie das einfache Mobiliar.«

Der Raum war so breit wie das ganze Haus, hatte aber eine niedrige Decke, die aus einem riesigen Dachfenster bestand. Die Möbel waren alles andere als »einfach«. Englisch übrigens auch nicht. Francine hatte sich ganz offensichtlich Mühe gegeben, eine authentisch orientalische Atmosphäre zu schaffen, mit Teppichen, einem aufwendig geschnitzten Schrank und Schreibtisch, einem großen Bett, auf dem eine reich bestickte Tagesdecke lag. Es gab sogar ein aufgeklapptes Backgammon-Spiel auf einem niedrigen Kupfertischchen.

Naim wollte gerade zu ihr sagen: »Vielen Dank, aber ich muß Ihnen wirklich etwas sagen, ich hätte es Ihnen sofort sagen sollen ...«, als er merkte, daß sie fort war.

III

Und so begann sein unbeschwertes Leben mit Joes Witwe. Sie hatte aufgehört, als Lehrerin zu arbeiten, sobald sie als Mrs. Haddad aus Beirut nach London zurückgekehrt war, und mit Joes Geld dieses erstaunliche Haus gekauft und ausgestattet. Wie sie Naim erklärte, bekam sie eine großzügige monatliche Zahlung von einem besonderen Treuhänderkonto, das Joe für sie eingerichtet hatte. Als Gegenleistung wollte er nur alleingelassen werden.

»Ich werde ausgehalten«, scherzte sie. »Begreifen Sie? Er bezahlt mich, damit ich im Luxus bade, aber möglichst weit weg. Ich höre fast nie von Joe. Und wenn, dann ist es immer eine Überraschung, und nicht immer eine angenehme. Keine Ahnung, warum es mir immer noch etwas ausmacht.«

Sie lebten wie ein Paar, nahmen ihre Mahlzeiten gemeinsam ein, gingen spazieren und einkaufen, zum Essen in Restaurants. Ganz allmählich wurde sie lebhafter in Naims Gegenwart und gewöhnte sich an seine Schüchternheit. Sie fühlte sich so sicher mit ihm, daß sie ihre Schlafzimmertür offenließ und sich nicht die Mühe machte, etwas überzuwerfen, wenn er sie aus dem Bad kommen sah. Hielt sie ihn etwa für schwul? Hatte ihr Joe das erzählt – noch eine Lüge? Oder war das eine Einladung? Wollte sie, daß er diese immer zerbrechlichere Linie zwischen ihrer unbeholfenen Freundschaft und seiner beklommenen Liebe zu ihr überschritt?

Sie zeigte ihm die Moschee am Regent's Park, ermutigte ihn, dorthin beten zu gehen. Er tat es ein- oder zweimal, fühlte sich aber unwohl in ihrer Opulenz und der unbekannten Gemeinde. Er hatte außerdem gar keine rechte Lust zu beten; es erinnerte ihn an seinen Vater, an das zerstörte Leben, das er hinter sich gelassen hatte. Er versuchte, Francine das zu erklären.

»Aber Sie dürfen Ihre Eltern nicht vergessen«, sagte sie voller Überzeugung. »Eines Tages wird der Krieg zu Ende sein, und dann finden Sie auch Ihre Familie wieder.«

Naim nickte, doch tief innen wußte er, daß er seinen Glauben verloren hatte. Er konnte sich nicht dazu bringen, an einen Gott zu glauben, der wollte, daß man starb, aber diesen Gedanken hatte er immer für sich behalten.

Francine sprach nie von ihrer eigenen Familie. Ihre Eltern lebten irgendwo in London, aber sie hatte keinen

Kontakt zu ihnen. Sie deutete eine alte Auseinandersetzung an, die etwas mit ihrer ersten Ehe zu tun hatte, mit einem jüdischen Mann. »Zumindest habe ich beim zweiten Mal einen Christen geheiratet«, lachte sie. »Aber glücklich sind sie trotzdem nicht, weil er Ausländer ist. Sie haben Joseph noch nicht mal kennengelernt.« Drei Nachnamen hatte sie schon geführt: Francine Watson, dann Rosenberg, jetzt Haddad. Francine Hussein wäre keine üble Ergänzung ihrer Sammlung geliehener Identitäten, dachte Naim und betrachtete ihre kleinen weißen Zähne. Sie erinnerten ihn an die Elfenbeinwürfel in seiner Tasche.

Sie fand es schwierig, ihm »nicht in die Quere zu kommen«, wie sie gleich bei seiner Ankunft versprochen hatte. Obwohl er seinen eigenen Hausschlüssel hatte und oft kam und ging, ohne ihr zu sagen, was er vorhatte, wartete Francine nachts immer auf ihn, eingeschlafen in ihrem Lieblingssessel wie eine Katze. Ihre Gespräche spät in der Nacht, bei einem Drink, hatten als kurzes, höfliches Geplauder begonnen und sich zu langen, vertraulichen Erörterungen aller möglichen Themen entwickelt, von der Politik bis zu ihrem Geschmack beim Essen. Essen war ein wichtiges Thema für sie, denn Francines Kochen hatte sich Schritt für Schritt entwickelt – zu Anfang war ihr Essen vollkommen gehaltlos, abgesehen von seinem Sättigungsgrad, und inzwischen verwöhnte sie Naim mit all seinen libanesischen Leibspeisen. Sie lernte die Zubereitung von komplizierten, bunten Mezze und Süßigkeiten aus Mandelpaste, die sich auch auf der Speisekarte eines gehobenen Restaurants gut gemacht hätten, und sah ihm mit kindlichem Vergnügen dabei zu, wie er sie verschlang.

Doch Naim durfte sich nicht revanchieren, in die Küche durfte er nicht mal zum Spülen oder um ihr beim Auftragen zu helfen. Sie mußte alles unter Kontrolle behalten, wie eine Wirtin, die für das leibliche Wohl eines Pensionsgastes verantwortlich ist. Plötzlich erinnerte sich Naim an Joes Worte und verstand sie: »In London hätte sie für mich gesorgt. In ein paar Jahren hätte ich ausgesehen wie ihr Gigolo.«

Vielleicht lief es jetzt mit ihm so, aber falls ja, machte es ihm nichts aus. Er war so vernarrt in seine »Wirtin«, daß er nachts nicht mehr schlafen konnte, auf ihren Atem horchte oder irgendein anderes Geräusch, das sie in ihrem Zimmer direkt unter dem seinen von sich gab. Im Verlaufe weniger Monate hatte er das Gefühl, sie ebenso intim zu kennen, als wäre er ihr erster, zweiter und dritter Ehemann gewesen; als hätte er sie immer schon gekannt. Wenn er in den Schlaf sank, träumte er von ihr. Wenn er seine Augen schloß, drehten sich seine Phantasien um sie. Doch wenn er sich vorstellte, sie zu berühren oder ihr auch nur zu sagen, was er fühlte, sah er Joe Haddad. Er sah ihn lebendig, lachend, springend, ein albernes Gedicht über sterbende Blumen lesend. Er sah ihn tot, bäuchlings auf der Straße, eine schmutzige, blutige Leiche. Je mehr Zeit verging, desto unmöglicher kam es ihm vor, ihr die Wahrheit über Joe zu sagen. Sie würde es zwangsläufig eines Tages erfahren, aber nicht von ihm. Und sie brauchte nicht zu erfahren, daß er dabei gewesen war, daß er Joe hatte sterben sehen. Das wußte niemand.

IV

Das Friedliche an Naims Rückzug aus der Wirklichkeit wirkte wie ein lebensrettendes Elixier, aber nicht lange. Mit der Zeit fühlte es sich so an, als würde er durch Francines gleichbleibend ruhige Art langsam vergiftet, die ihm mit einemmal wahnsinnig auf die Nerven fiel. Es war, als lebte man mit einer sexy Lehrerin zusammen, in die man seit langem verliebt war; sie war aufreizend nah, aber immer noch unberührbar, immer noch die Lehrerin.

Naim war überzeugt, daß Francine über keine besonders gute Menschenkenntnis verfügte. Auf der Grundlage ihrer Erzählungen aus der Vergangenheit glaubte er, daß sie sich in Simon Rosenberg, ihren flatterhaften Universitätstutor, vor allem deshalb verliebt hatte, weil er für eine peinliche Menge Lärm und Streit sorgte, wo immer er hinkam. Joseph Haddad war in Francines Augen nicht nur ein charmanter, verträumter libanesischer Student, der sie an einen geheimen Ort in den Bergen brachte und sie zärtlich unter einer Zypresse küßte; er war eine leidenschaftliche Seele, und seine romantische Lyrik gab ihr das Gefühl, von einem großen, demnächst weltberühmten Dichtertalent unsterblich gemacht zu werden. Er spürte, daß ihre beiden Ehemänner auch eine wesentlich dunklere Seite hatten, wofür sie aber vollkommen blind war, bis sie mit der Nase darauf gestoßen wurde wie durch einen heftigen Faustschlag.

Naim war außerdem klar, daß sie ihn nur als Joes traurigen, unauffälligen Komparsen sah und seine stille Stärke mit Bescheidenheit verwechselte, seine Behutsamkeit und Unergründlichkeit mit mangelnder Persönlichkeit. Mit ihm zu reden war fast wie ein Selbstgespräch für sie; er forderte sie nie heraus, hörte nur zu, und wenn er sprach, dann immer höflich, fast unterwürfig. Er steigerte sich immer mehr hinein: Seine Gesellschaft war ihr so angenehm, daß sie sich dabei ertappte, Joe zu vergessen, und hoffte, er würde lange, lange bei ihr bleiben. Und offenbar machte es ihr auch gar nichts aus, daß sie seit Monaten nichts von ihrem Mann gehört hatte.

Bei einem seiner wütenden Nachtspaziergänge durch Francines schicke Wohngegend versetzte Naim dem Stamm eines wunderschönen Magnolienbaums irgendwo in der Nachbarschaft einen derart heftigen Tritt, daß ihm die Tränen in die Augen stiegen. Er bemerkte, daß ihn ein kleines Mädchen voller Angst hinter einer Gardine hervor beobachtete. Er wußte, was er zu tun hatte.

Francine wartete auf ihn, wie üblich. Als er ihr erwartungsvolles, wohlwollendes Lächeln sah, rannte Naim schnurstracks die Treppe hinauf in sein Zimmer, ohne ein Wort. Wäre er in ihrer Nähe geblieben, hätte er sie zu Tode gefickt.

»Warum packst du?« fragte sie. Sie hatte lautlos seine Tür geöffnet. »Stimmt etwas nicht?«

Er gab keine Antwort.

»Ich verstehe. Offensichtlich hast du von meinem Mann gehört.«

»O nein«, sagte er. Dann brüllte er los: »Du hast keine Ahnung. Du glaubst, du bist so klug, und du weißt nichts. Er hat dich belogen, alle haben dich belogen –«

»Worüber?«

»Über mich. Er hat mich nicht geschickt, damit ich bei dir bin, dir Gesellschaft leiste wie eine Krankenschwester ...«

Francine schaute Naim ungläubig an.

»Was sagst du da?« fragte sie bestimmt.

»Joe hat mir nie gesagt, ich solle hierbleiben, bis er aus Beirut rauskommt. Er wollte überhaupt nicht zu dir zurück, niemals. Das ist die Wahrheit. *Er ist nicht gern mit dir zusammen.*«

»Ist das alles, was du mir zu sagen hast?« sagte sie kalt. »Denn das wußte ich schon vorher.«

Jetzt wollte er ihr richtig wehtun. Ohne nachzudenken, sprudelte er los:

»Nein, das ist nicht alles. Ich wünschte, es wäre so. Er ist an dem Tag, als ich nach London flog, getötet worden. Auf dem Weg zum Flughafen gerieten wir in einen Hinterhalt. Ich hatte Angst, es dir zu sagen. Ich wußte nicht wie. Tut mir leid.«

Francine schrie nicht und weinte nicht. Genau wie er vorausgesehen hatte.

»Ach, deshalb hast du mich nie angerührt? Ich hab mich schon gewundert.«

Aber jetzt rührte er sie an. Zuerst ihre Hüften, denn das hatte er sich immer gewünscht. Dann alles andere. Es fühlte sich an, als spränge er wieder von der Klippe, nur daß es ungefährlicher war. *Viel* ungefährlicher.

»Joe hat nicht gelogen«, sagte sie mit einem köstlichen Kichern, dem ersten, das er je von ihr hörte. »Du bist so, wie er es mir versprochen hat. Das hätte er selber nie tun können. Aber das wußtest du doch, oder? Wir haben niemals miteinander geschlafen. Der große Dichter hielt nichts von Sex. Zumindest nicht mit mir. Deshalb schickte er dich an seiner Stelle. Er sagte, er hätte dich darum gebeten, und du hättest zugestimmt. Er sagte, Moslems wären jederzeit bereit ... Er sagte, du würdest lange brauchen, aber ...«

Naim wollte ihr irgendwie beweisen, daß das auch eine von Joes seltsamen Lügen war. Er wollte ihr sagen, daß ihm war, als hätte er seinen Freund eigentlich überhaupt nicht gekannt. Und daß, wenn man es recht bedachte, der Hinterhalt fast wie eine Hinrichtung gewesen sei, kein willkürlicher Mord – aber was bedeutete das? Und diese »Interviews« im Commodore – war Joe wirklich *so* berühmt? Er wollte nicht spekulieren.

Er schloß Francine in seine Arme und vergrub sein Gesicht in ihren Haaren.

»Na, Gott sei Dank ist der Dichter tot«, sagte er und verspürte kein bißchen Reue.

Wie Gott in Palästina

Das erste, was Noa bemerkte, als sie in Eilat aus dem kleinen englischen Charterflugzeug stieg, waren die zwei israelischen Sicherheitsbeamten mit ihren Anzügen und Sonnenbrillen im *Men in Black*-Stil. Sie versuchten, ganz ernst dreinzuschauen, doch ihre Babygesichter grinsten den ankommenden Touristen gutmütig entgegen. Noa konnte ein Kichern nicht unterdrücken; sie hatte den Film gerade im Flugzeug gesehen, und die Ähnlichkeit war zum Schreien. Sie starrten sie verblüfft an, deshalb entschuldigte sie sich auf hebräisch: »Tut mir leid, aber ihr seht genau aus wie die *Men in Black* ...«

»Ist das ein Kompliment?« erkundigte sich der größere der beiden. Sie bemerkte, daß er eine Zahnspange trug.

»Absolut«, sagte Noa. Dann fiel ihr ein, daß die Männer Anfang Zwanzig waren und sie Anfang Vierzig. Sie war im selben Alter gewesen wie diese Jungs, als sie Israel verließ, um einen englischen Mann zu heiraten – und das lag die Hälfte ihres Lebens zurück. Jetzt mußte sie sich aber mal zusammenreißen und zumindest versuchen, sich ihrem Alter gemäß zu benehmen, beschloß Noa, während sie auf den Terminal zuging, um ihren Koffer zu holen. Was die beiden »Männer« über ihre langen Beine sagten, während sie davonging, hätte ihr gefallen.

Nach mehr als zwei Jahrzehnten, in denen sie alles mit und für ihren Mann und ihre Kinder getan hatte, war dies ihr erster Urlaub allein. Alles, na ja. Es hatte da ein kurzes Zwischenspiel mit einem robusten Fleischer gegeben, aber inzwischen erschien ihr das wie ein Traum, als hätte sie sich die ganze Sache nur eingebildet. Eine flüchtige Phantasie mit beinah blutigem Ausgang. Danach war ihre Ehe weitergegangen, aber irgendwie belanglos geworden. Sie und ihr Mann lebten zwei Leben unter einem Dach, die sich kaum berührten, mal freundlich, mal gereizt. Sie beobachtete, wie ihre Kinder heranwuchsen, bis sie fühlen konnte, daß sie sich von ihr losgelöst hatten, selbst von ihrer Liebe. Sie würden zurechtkommen, unabhängig, stark und respektlos sein. Dabei war sie all die Jahre nichts anderes gewesen als ein standhafter Fels der Unterstützung für alle. Ab und zu zeichnete sie kleine Comics und lustige Cartoons, zeigte sie aber keinem.

Nach der Beerdigung ihres Vaters war Noa nicht mehr nach Israel gefahren. Ihre Eltern waren nebeneinander auf dem Friedhof von Holon begraben, und sie fragte sich, ob sie wohl auch unter diesen glänzenden schwarzen Grabsteinen weiter liebevoll miteinander zankten, vielleicht aber auch, wer weiß, an irgendeinem anderen, spirituelleren, weniger überfüllten Ort.

Sie hatte die kleine Wohnung der Eltern in Ramat Gan verkauft, mehrere Wochen damit zugebracht, die alten Sachen ihrer Eltern und ihre eigenen durchzugehen, und dann beschlossen, nicht mehr herzukommen. Ihr Zuhause war jetzt London; sie hing daran, ähnlich wie die Glyzinie, die sie vor Jahren gepflanzt hatte, inzwischen ein ausgeprägter Teil ihres Gartens geworden war; jedes Jahr wurde sie dominanter, während ihre hellvioletten Blütenbüschel sich über den Zaun und den dicken Stamm des Apfelbaums ausbreiteten.

Als sie merkte, daß sie nach einer kurzen Winterschluß-pause lechzte, schleppte sie stapelweise Reisebroschüren über Florida, die Karibik und Nordafrika nach Hause. Doch nachdem sie allen Freunden und Familienmitgliedern erzählt hatte, daß sie ganz allein nach Key West fahren wollte, änderte Noa plötzlich ihre Meinung und buchte eine Woche Eilat.

Und so traf Noa jetzt merkwürdigerweise als britische Touristin hier ein. Ihre letzte Reise auf den Sinai lag so lange zurück, daß Nueba, wo sie und ihre Freunde nackt im kühlen, durchscheinenden Roten Meer geschwommen waren und sich im heißen Sand geliebt hatten, noch unter israelischer Kontrolle stand. Heute gehörte es zum ägyptischen Staatsgebiet, und sie würde sich nicht mal oben ohne in die Sonne legen.

Auf der langsamen Fahrt über die gewundene Wüsten-straße nahmen die Berge ein weiches Pfirsichrosa an. Als sie wieder hinschaute, war der rosa Schimmer weg, und dieselben Berge waren riesige schwarze Silhouetten vor einem schwindenden Himmel. Noa hätte sie am liebsten gezeichnet, doch bis sie ihren Stift gefunden hatte, war alles kohlrabenschwarz draußen, eine unheimliche Dun-kelheit, die kein einziges Licht durchbrach – nicht einmal von vorbeikommenden Autos. Der Taxifahrer erklärte ihr in gebrochenem Englisch, daß sie sich einer Grenze zwi-schen Ägypten und Israel näherten, ja, zwischen Asien und Afrika, und er fügte hinzu, daß Jordanien und Saudi-Arabien auch gleich »da drüben« lägen. Doch die Nacht beeindruckte Noa viel mehr – sie hatte vergessen, wie dunkel es hier war. In England bestand die Nacht aus einer weniger soliden Dunkelheit, war nie richtig schwarz.

Als der Wagen durch das Zentrum von Eilat fuhr, stellte Noa selbst zu dieser Stunde fest, daß der Ort nicht mehr so schrottig war, wie sie ihn in Erinnerung hatte. Hotels, Promenaden, Restaurants, Geschäfte, Cafés, Vergnügungsparks – eine kompakte, aber perfekte kleine Urlaubsstadt. Hier würde sie sich entspannen, die Sonne genießen und die Freiheit.

Sie nahm jeden Morgen ihren Skizzenblock mit an den Strand und versuchte, die Figurenmenagerie des Tages zu zeichnen, ohne die Aufmerksamkeit der Leute zu erregen.

Das endlos freundliche ältere norwegische Paar zu ihrer Rechten war ihr erstes »Opfer«. Die Hand des Mannes lag stets auf dem straffen, harten Bauch seiner Frau oder auf ihrer kleinen, entblößten Brust. Seine Haut hatte die Farbe gekochten Hummers, ihre war mehr wie sahnige Milchschokolade. Die Farben konnte Noa nicht einfangen, aber die eckigen Gesichtszüge der Frau gelangen ihr, schroff, wenn sie ernst war, weich und reizend, wenn sie lächelte. Manchmal wandten sie sich auf ihren zwei blauen Strandstühlen einander zu und schlossen sich lange in die Arme. Dann schaute Noa weg.

Einen großen Teil des Strandes nahm eine vielköpfige tunesisch-französische Familie ein. Noa versuchte sie alle zu zeichnen, mit ihrem massiven Goldschmuck und ihrer unverkrampft spielerischen Art. Die Frauen hatten üppige Dekolletés, die sie stolz schwenkten und vor sich hertrugen wie Bauchtänzerinnen; aber sie boten ihre Brüste nicht der Sonne dar wie die skandinavischen Frauen mit ihren gutgeölten, glänzenden rosa Brustwarzen. Die französischen Männer waren wie kleine Jungen, neckten die Frauen und verführten sie zu hysterischen Lachkrämpfen.

Noa fiel auf, daß an diesem Strand Danielle Steel die meistgelesene Schriftstellerin war, in fünf verschiedenen Sprachen. Unter einem breiten Sonnenschirm las ein russisches Paar im mittleren Alter sie abwechselnd, ohne je ein Wort zu wechseln. Noa hielt sie für Geschwister, obwohl sie diese Theorie mit nichts belegen konnte, abgesehen von ihrer großen Ähnlichkeit. Aber dann dachte sie, so viele Ehepaare sehen sich ähnlich und haben sich nichts zu sagen. Also zeichnete sie sie mit Eheringen, für den Fall, daß sie sich irrte.

Israelische Paare waren nur zur Hälfte still; entweder der Mann oder die Frau redete ständig und lautstark in ein Handy hinein; die Männer sprachen mit Geschäftspartnern über die Arbeit, die Frauen mit Freundinnen darüber, wie gut sie es am Strand hatten. Noa witterte Chancen für einen Cartoon, aber es würde einige Zeit brauchen, um es so witzig hinzukriegen wie die Komödie vor ihren Augen.

Während sie mehr als genug damit zu tun hatte, den Miniaturkosmos ringsum zu beobachten, der ihr nach ein paar Tagen so vertraut geworden war, daß sie schon fast ihren Alltag zu Hause vergessen hatte, wurde Noa ihrerseits beobachtet, von mehreren äußerst männlichen

Augenpaaren. Drei italienische Männer, die hinter ihr saßen, hatten eine unverstellte Sicht auf Noas sportlichen Körper, vor allem, wenn sie seitlich auf ihrem Liegestuhl lag, eine perfekt geschwungene Hüfte in der Luft, Skizzenblock auf ihrem bikinibekleideten Schoß. Das war die Pose eines anmutigen Modells, voller inspirierender Linien und Schwünge, und Noas Konzentration auf ihr Zeichnen ließ sie viel attraktiver und unnahbarer wirken, als wenn sie einfach nur als Einladung für bewundernde Blicke dagelegen hätte.

Jeden Tag um die Mittagszeit, wenn die Sonne am heißesten brannte, erhob sich Noa, packte ihre Zeichnungen weg und schritt langsam in das eiskalte Meer. Sie hatte einen Trick: Wenn sie der Spiegelung der Sonne auf dem Wasser folgte, bewegte sie sich entlang einer etwas wärmeren Linie sanfter Wellen und brauchte nicht zu zögern, bevor sie sich hineinstürzte. Sie schwamm ein kurzes Stück hinaus, und dann schloß sie einfach die Augen und ließ sich treiben. Das Meer war immer ihre Droge gewesen, es hielt sie, trug sie, beruhigte sie. Doch sie hatte auch Angst davor, mußte an sinkende Schiffe und ertrinkende Kinder denken. Lange blieb sie nicht drin.

»Darf ich mit Ihnen sprechen?« sagte die Stimme eines Mannes zögernd, als sie zu ihrem Stuhl zurückkehrte und sich ein Handtuch um die Schultern legte. Noa schaute auf und sah einen großen, schweren Mann neben sich, aber nicht zu nah, nicht nah genug, um seine durchdringenden grünen Augen zu spüren. Noch nicht. Sie lächelte ihn an, und er ließ sich unbeholfen nieder, im Sand zu ihren Füßen.

Er hieß Marco. Er habe sie schon die ganzen letzten Tage beobachtet, sagte er, sie aber nicht stören wollen, weil sie so beschäftigt wirkte. Was sie denn da zeichne?

»Bloß Leute«, sie zuckte die Achseln, unwichtig.

»Haben Sie auch ein Bild von mir und meinen Freunden gemacht?«

Noa mußte zugeben, daß sie die drei noch nicht einmal bemerkt hatte. Irgendwie hatte sie es geschafft, sie zu übersehen. Vielleicht war sie blind für Gruppen von Männern ohne Anhang.

Sie redete mehr als in den letzten Tagen zusammen, und sie hatte nichts dagegen. Marcos Englisch war sehr italienisch, Musik für ihre Ohren. Er gehörte zu den Carabinieri, einer Spezialeinheit der italienischen Polizei, die für die UNO in Hebron arbeitete. Auf Kurzurlaub in Eilat. Zu kurz. Er tat Noa leid, als er von Steinwürfen erzählte, aber Marco sagte, er liebe seinen Beruf.

»Mein Vater war bei der Marine. Ich habe immer gewußt, daß ich Soldat werden muß. Ich diene meinem Land gern.«

Noa lachte. Sie kannte nicht viele Leute, die ernsthaft in der Armee sein *wollten*. Marco schaute verletzt drein: »Sie mögen die Armee nicht.«

»Nein, eigentlich nicht«, sagte Noa, hatte aber kein besonders gutes Gefühl dabei. Schließlich setzte er sein Leben in Hebron nur aufs Spiel, weil es offenbar keinen anderen Weg gab, um den Nahen Osten einigermaßen friedlich zu halten. Das mußte er nicht tun; er konnte auch in Rom bleiben und etwas weniger Gefährliches tun, als steinewerfenden Palästinensern und militanten jüdischen

Siedlern auszuweichen. Als Marco sie einlud, sich später am Abend mit ihm auf ein Glas zu treffen, sagte sie zu.

Er wartete vor den Three Camels auf sie, einem Pub im englischen Stil oberhalb des Strandes. Noa merkte, daß er sich freute, mit ihr gesehen zu werden; sie ertappte ihn dabei, wie er sie anerkennend musterte und seinen Freunden, die an der Bar saßen, triumphierende Blicke zuwarf. Sie fühlte sich geschmeichelt, wußte aber schon, daß sie ihr Alter auf gar keinen Fall frisieren würde, falls es überhaupt soweit kam.

Die Kellnerin, ein hübsches, glatzköpfiges Mädchen mit einer gepiercten Nase, kam, um ihre Bestellung aufzunehmen. Noa trank nie etwas, aber es machte ihr nichts aus, mit diesem Mann ein Bier zu trinken. Mühelos setzte ihr Gespräch dort an, wo sie es zuvor unterbrochen hatten. Wie sich herausstellte, hatte sich Noa geirrt: Es wäre für Marco keineswegs die einfachere Wahl gewesen, in Italien zu dienen.

»Da wäre ich nach Sizilien geschickt worden. Zuviel Mafia! Ganz schlimm. Ganz gefährlich.«

»Hm«, sagte Noa, die nicht wußte, was sie ihn als nächstes fragen sollte. »Was halten Sie von Mussolini?«

»Ich finde ihn gut«, lächelte Marco.

»Sie machen Witze, stimmt's?«

»Nein, er war gut für italienische Wirtschaft.«

Er lächelte immer noch, aber Witze machte er nicht. »Und Sie? Wie finden Sie Netanjahu?«

»Ich hasse Netanjahu«, sagte Noa äußerst bestimmt. »Und nebenbei bemerkt, er ist Gift für die israelische Wirtschaft!«

Marco lachte, gab aber zu, daß er Netanjahu durchaus gut fand.

»O je«, sagte Noa. »Mal sehen, worüber wir noch anderer Meinung sind. Was halten Sie vom Papst?«

»Netter Mann«, schoß Marco mit noch breiterem Lächeln zurück und schob nach: »Und wie finden Sie Ihre Queen?«

»Die Queen ist mir egal.«

»Wieso?« Marco wirkte ehrlich überrascht. Noa beschloß, ihre Antwort zu vereinfachen. »Ich bin keine Engländerin, ich muß sie nicht mögen«, sagte sie.

»Keine Engländerin?«

»Ich bin Israelin. Ich habe einen Engländer geheiratet.«

Marco schien sich mehr dafür zu interessieren, daß sie Israelin war, als dafür, daß sie verheiratet war.

»Ich mag Israelis«, sagte er. »Die meisten Freunde, die ich hier habe, sind vom israelischen Militär.«

»Sogar die Mädchen?« fragte sie.

»Nein, nicht so viele Mädchen«, sagte er mit einem Seufzer.

Plötzlich gesellten sich zwei weitere italienische Carabinieri lärmend zu ihnen. Sie hatten schon ein paar Drinks intus und waren neugierig auf Marcos appetitlichen »Fang«.

»Das ist Massimo, das ist Paolo. Das ist Noa aus London, aber sie ist Israelin.«

Sie lachten alle etwas betreten. Keiner wußte, was er als nächstes sagen sollte.

»Was denken Engländerinnen über italienische Männer?« fragte Paolo, ein kleiner Mann mit einem winzigen Schnurrbart.

Noa wußte das auch nicht genau, bot aber ein höfliches Klischee an: »Italienische Männer sollen romantisch sein.«

Paolo war begeistert: »Stimmt genau! Aber wir reden immer, ja, und wenn Sie wollen wissen, wie der Sache wirklich steht ...«

»Hey, sprich du für dich«, unterbrach Marco.

Noa war neugierig. »Ja, wie steht er denn nun?« fragte sie ganz unschuldig.

Paolo setzte an, irgend etwas zu erklären, daß italienische Männer eigentlich schüchtern seien, doch Marco schnitt ihm mit einer hastigen Rede auf italienisch das Wort ab. Beide lachten laut und schauten Noa ungläubig an.

»Ich glaube, Sie haben nicht verstanden –«, sagte Paolo.

Noa machte es langsam richtig Spaß. Das war lustig. Fast vergaß sie, daß Marco gesagt hatte, er fände Mussolini gut. Aber jetzt fiel es ihr wieder ein, und sie beschloß, mehr über Marcos Vorlieben zu erfahren. Paolo hatte ein Exemplar der TIME dabei, mit Saddam Hussein vorne drauf. Noa zeigte darauf und sagte provozierend: »Der irakische Mussolini.«

Unbehagliches Lächeln reihum, also fügte sie hinzu:

»Wären Sie auch für Mussolini, wenn er heute an der Macht wäre, Marco?«

Er betrachtete sie mit neuerlichem Interesse. Diese Frau war kein gewöhnlicher Flirt, dachte er und gab zu, daß er heute nicht für Mussolini wäre, nein.

Noa wechselte das Thema, aber nicht ihren kriegerischen Tonfall: »Für welche Fußballmannschaft sind Sie?«

»Roma, natürlich«, sagte Marco stolz. »Und Sie?«

»Arsenal«, konterte Noa. Ihre Wahl hatte eine lange Geschichte. Sie wollte damit ihren Mann ärgern, der ein leidenschaftlicher Tottenham-Fan war.

Marco lachte: »Noch was, wo wir uns nicht einig werden. Eure Fans haben in Roma viel Ärger gemacht!«

Noa hatte nicht vor, das Benehmen englischer Fußballfans zu verteidigen, sie stand ja eigentlich auch gar nicht drauf. Und müde war sie auch. Bei der nächsten Runde Drinks sagte sie nein – und daß sie jetzt gehen müsse.

»Ich bringe Sie zum Hotel«, schlug Marco vor, mit genügend Gezwinker seiner grünen Augen, um Noa vor dieser Idee zu warnen. Vor allem, als er seine Finger um ihr Silberarmband legte und anfing, es um ihr Handgelenk zu verdrehen, was ihr sanfte Schauer über den Rükken schickte.

»Nein, danke, es ist nicht weit.«

Sie stand auf, verabschiedete sich von den anderen und wandte sich zum Gehen. Marco desgleichen.

Schweigend spazierten sie nebeneinander her. Dann spürte sie seine Hand, die ihr das Haar aus dem Gesicht strich.

»Ich mag dein Haar im Wind«, sagte er sanft.

Noa wich etwas zurück. Marco war ein Mann in der Brunst, gar keine Frage. Die Carabinieri müssen da oben in Hebron aber ziemlichen Nachholbedarf haben, dachte sie.

»Dann bis morgen am Strand«, sagte Marco unerwartet und gab ihr die Hand. Fast tat es ihr leid, aber sie hätte ihn dafür küssen können.

Sie nickte und schlenderte allein weiter, durch die Menschenmenge auf der Strandpromenade, zwischen Familien mit Kindern, Touristen, Straßenverkäufern hindurch. Und israelischen Soldaten. In einem Souvenirladen kaufte sie einen Film für ihre Kamera. Sie hatte Lust, heute abend Fotos zu machen, irgend etwas war an diesem Abend, das sie festhalten mußte, auch wenn sie nicht recht wußte, was es war.

Dann ging es ihr plötzlich auf. Als sie am Bauzaun einer riesigen Baustelle vorbeikam, sah sie, daß die Arbeiter immer noch da waren und in der Dunkelheit an einem weiteren Luxushotel bauten. Ein immenser, beleuchteter Baukran erhellte den Himmel, aber die Arbeiter standen alle in einer Gruppe beisammen, beschäftigt mit irgendeiner handwerklichen Tätigkeit. Sie sahen aus wie Osteuropäer, wahrscheinlich Russen, die meisten ältere Männer. Noa versuchte, in ihre Gesichter zu schauen; sie sah Erschöpfung, müdes Lächeln, Männer, die aussahen wie Akademiker bei der Feldforschung. Sie machte ein Foto. Der Blitz erregte die Aufmerksamkeit der Arbeiter. Sie winkte, die Männer lächelten zurück und posierten lachend für die nächste Aufnahme.

Noa war überrascht, Marco am nächsten Morgen am Strand anzutreffen. Sie dachte, er hätte es aufgegeben, vernunfthalber, und sich gestern nacht den anderen bei ihrer Suche nach weiblicher Gesellschaft angeschlossen. Doch wie er sagte, war er tatsächlich nach Hause gegangen und hatte geschlafen. »Ich war müde, wie du.«

Noa hätte ihm beinahe gestanden, daß sie gar nicht müde gewesen war, nur etwas ängstlich, aber sie hielt den

Mund. Sie hatte eine schlechte Nacht hinter sich; ihr Sonnenbrand auf dem Rücken schmerzte, immer wenn sie sich bewegte, und eine Mücke hatte sie wachgehalten, war ihr stundenlang um den Kopf gesummt. An diesem Morgen ging sie lieber in den Schatten, um die Sonnenschäden des gestrigen Tages nicht zu verschlimmern. Marco setzte sich zu ihr, wie ein alter Freund.

»Ich mag Israel sehr«, bot er an. »Ich mag die Leute, sie sind wie wir – direkt.«

»Findest du die Israelis nicht aggressiv?«

»Nein, aggressiv doch nicht. Sie sind offen, sie sagen, was sie denken. Wie die Italiener.«

»Kennst du irgendwelche italienischen Juden?« fragte Noa.

»Ja, und ich mag italienische Juden nicht. Israelische Juden ja, italienische Juden nein. Sie sind sehr verschlossen, bleiben immer unter sich.«

Noa starrte ihn an. Dieser Mann konnte sie bezaubern und wütend machen, alles in einem Aufwasch. Sie wollte ihm gerade einen Vortrag über ein paar Grundprinzipien des Antisemitismus halten, als er sie erneut überraschte:

»Ich will koscher lernen. Kannst du mir koscher kochen erklären?« Er nahm ein Stück Papier und einen Stift aus seiner Tasche, bereit, sich Notizen zu machen.

Noa lachte. »Im Ernst?«

»Na klar.«

»Na gut.« Sie holte tief Luft. »Du mußt Fleisch und Milch voneinander trennen. Du darfst kein Schwein essen und keine Tiere, die ihr Futter nicht wiederkäuen

und keine Paar ... na du weißt schon ... Paarhufer sind.«
Sie demonstrierte ihm das Kauen, imitierte eine Kuh und
benutzte die Finger ihrer Hand, um ihm einen gespalte-
nen Huf zu zeigen. Marco schrieb sich alles auf.

»Also – kein Schwein. Klar. Und Fisch?«

»Die meisten Fische sind in Ordnung«, sagte Noa,
»außer ... ach, schreib einfach auf ›Keine Meeresfrüchte‹.«
Dann erklärte sie die neutralen Sachen – »*Parve* geht zu
allem« – und fügte hinzu: »Und das Fleisch muß von
einem koscheren Metzger kommen, denn die Tiere müssen nach jüdischem Gesetz geschlachtet werden.«

»Was ist ein ... Metzger?« fragte Marco.

»Oh ... er verkauft Fleisch und schlachtet es auch.«

»Ah, *macellaio*!« sagte Marco fröhlich. »Mein Onkel ist
macellaio in Roma. Wie töten Juden denn Tiere?«

Noa lächelte. »Du mußt einen Schnitt an einer ganz
bestimmten Stelle machen, damit das ganze Blut auslau-
fen kann. Es darf kein Blut mehr drin sein.«

»Kein Blut?«

»Kein Blut.«

Das schien Marco zu verwirren, aber er stellte keine
Frage.

»Warum willst du das alles wissen, willst du ein jüdisches Mädchen heiraten?«

»O nein, ich will niemand heiraten. Ich war schon verheiratet, das reicht mir.«

»Wie alt bist du denn?« fragte Noa.

»Älter als du.«

Sie lachte. »Das kann nicht sein, denn ich bin zweiundvierzig.«

Marco lächelte: »Und ich bin fünfunddreißig, und ich bin älter als du.«

»Du bist aber ziemlich schlecht in Mathe«, sagte Noa.

»Das bin ich nicht, glaub mir.«

Das war also ein Kompliment, *all'italiana*, dachte sie. Inzwischen mochte sie ihn sehr. Plötzlich wurde ihr klar, daß der Strand so voll war wie jeden Tag und sie gar nichts davon merkte. Sie vergaß, dem Rhythmus der Wellen zu lauschen, dem kakophonen Gelächter der französischen Frauen; sie vergaß, die Brüste der anderen Frauen mit ihren zu vergleichen.

»Was kann ich denn mal für dich kochen, koscher?« fragte er.

»Oh, was immer du willst. Ich esse nicht koscher. Bist du ein guter Koch?«

»Sehr, sehr gut«, erklärte Marco. »Magst du Lamm? Ich mache dir Lamm mit Rosmarino, Knoblauch, Kartoffeln und Weißwein.«

Noa stellte sich diese Einladung in Marcos Wohnung vor. Er würde sie verführen, ganz selbstbewußt, indem er ihr ein perfektes Essen servierte und sie nicht einmal berührte. Und sie würde dafür Mussolini nicht erwähnen.

»Warum beten Juden wie Esel?«

Jetzt hatte er wieder ihre Aufmerksamkeit. Was meint er bloß, wie Esel?

»Du weißt schon, sie bewegen sich so, hin und her, und machen ein Geräusch … so komisch.«

»Kann ich dich mal was fragen?«

»Klar.«

»Findest du Kirchenglocken komisch? Findest du es komisch, auf die Knie zu gehen, um zu beten? Findest du nicht, daß es eine ziemlich schrille Idee ist, den Körper von Christus zu essen und sein Blut zu trinken?«

»Greif mich nicht an«, sagte Marco leise. »Sonst kann ich nicht mit dir reden.«

»Na gut«, sagte Noa. »Ich meine nur, ihr habt eure Traditionen, wir haben unsere. Ihr müßt sie ja nicht begreifen, respektiert sie einfach. Du bist doch hier, um den Frieden einzuhalten, oder?«

Marco lachte. Wenn er lachte, sahen seine weißen Zähne fast einladend aus, und Noa fühlte sich wieder sicher.

»Komm mit mir nach Jerusalem«, sagte er.

»Ich hasse Jerusalem.«

»Dann eben nach Tel Aviv.«

»Ich fliege morgen nach London zurück«, sagte Noa.

»Und wann kommst du wieder?«

»Ich weiß nicht. Vielleicht dauert es wieder zehn Jahre«, sagte sie, wußte aber, daß das nicht stimmte.

»Ich esse jetzt einen gemischten Salat da drüben. Willst du mit?«

»Nein danke«, sagte Noa. »Ich habe ein Sandwich hier, und ich möchte ein bißchen schlafen.« Jetzt war sie wirklich müde.

Kaum war er weg, konnte sie seine Rückkehr nicht erwarten. Wie verrückt. Sie war nach Eilat gekommen, um ihre Ruhe zu haben, zu zeichnen, nachzudenken. Herauszufinden, was ihrer Ansicht nach in den nächsten zwanzig Jahren ihres Lebens passieren sollte. Statt dessen saß sie hier und verguckte sich in einen mäßig attraktiven, italienischen UNO-Polizisten, der vermutlich das Herz am rechten Fleck hatte, dessen Meinungen aber allem widersprachen, woran sie glaubte. Da kam er schon wieder zurück, und sie war glücklich. Verflucht.

»Ich habe eine Testfrage für dich«, sagte sie. »Ist eine Giraffe koscher?«

Marco runzelte die Stirn, konsultierte seine Notizen, stellte einige Rechnungen mit seinen Fingern an. »Ja«, sagte er schließlich. »Denn sie hat – wie sagst du – gespaltene Füße? Und kaut wie Kuh. Richtig?« Er war vollauf zufrieden mit sich.

»Nicht ganz«, triumphierte Noa. »Du hast recht, sie ist koscher, aber wir dürfen sie nicht schlachten, weil wir nicht wissen, wo wir schneiden sollen. Ihr Hals ist zu lang. Siehst du, wie schwierig es ist, Jude zu sein?«

»Das ist unglaublich«, lachte er. »Ich habe auch eine Frage. Ist ein Kamel koscher?«

Noa wollte gerade antworten, als sie merkte, daß sie es nicht wußte.

Jetzt war Marco an der Reihe, sich siegreich zu fühlen. »Du weißt nicht! Du weißt alles, aber du weißt nicht, ob ein Kamel koscher ist!« Das versetzte ihn in so gute Laune, daß er Noa in seine großen Arme nahm und zum Wasser trug, mit der Drohung, sie gleich hineinzuwerfen. Noa quiekte vor Lachen, machte sich los und rannte selber hinein. Marco folgte ihr, und sie wehrte sich nicht, als er sie unter Wasser berührte, wo es keiner sehen konnte. Unterwasser-Sex zählt nicht, beschloß Noa und ließ einiges zu, was sie an Land nicht erlaubt hätte.

Während sie langsam zurückschwammen, nahm Marco seine unermüdlichen Forschungen nach jüdischer Weisheit wieder auf. »Wann kommt denn Jesus zu euch Juden?« fragte er zwischen seinen kraftvollen Schwimmzügen.

Noa hielt mitten beim Kraulen inne und starrte ihn an. »Was meinst du damit? Jesus ist euer Gott, nicht unserer. Für uns ist er nichts Besonderes. Bloß ein Jude, der vielleicht ein paar ganz interessante Ideen hatte, aber nichts Besonderes.«

»Warum habt ihr ihn dann umgebracht?« fragte Marco mit einem zuckersüßen Lächeln. Sie standen inzwischen in seichtem Wasser, zwei glitzernde, eifrige Körper vor einem blutroten Sonnenuntergang. Noa erschauerte heftig, es war wie ein Elektroschock von Kopf bis Fuß.

»Wie bitte?« fragte sie leise. Dann brüllte sie fast los: »*Wir* haben ihn nicht gekreuzigt! Das habt *ihr* getan, mein Lieber! Ihr, die Römer! Und ihr habt unseren Tempel zerstört und alles andere gleich mit.« Alle starrten sie an, sogar das schweigende russische Paar, aber das war ihr egal. Nach zweitausend Jahren konnte sie endlich einem römischen Soldaten sagen, er solle sich verpissen!!

»So steht das aber nicht in der Bibel ...«, murmelte Marco, aber Noa hörte gar nicht zu.

Sie rannte zu ihrem Stuhl zurück und begann eilig, ohne sich abzutrocknen, ein Kamel zu zeichnen, das eine sexy, langbeinige Giraffe beäugte. Plötzlich fiel ihr wieder ein, daß Kamel absolut nicht koscher war. Sie wollte es Marco erzählen, aber er stand immer noch im Roten Meer und schaute verwirrt drein.